남방큰돌고래

# 남방큰돌고래

안도현 지음

**1판 3쇄 발행** | **2019. 5. 27**
1판 2쇄 발행 | 2019. 5. 1
1판 1쇄 발행 | 2019. 4. 30

**발행처** | **Human & Books**
발행인 | 하웅백
출판등록 | 2002년 6월 5일 제2002-113호
서울특별시 종로구 삼일대로 457 1009호(경운동, 수운회관)
기획 홍보부 | 02-6327-3535, 편집부 | 02-6327-3537, 팩시밀리 | 02-6327-5353
이메일 | hbooks@empas.com

ISBN 978-89-6078-704-9 03810

# 남방큰돌고래

안도현 지음

**Human & Books**

살아야 한다.
부디 살아야 한다.

# 프롤로그

아주 오랜 옛날, 그리스에 하프 연주를 기가 막히게 잘하던 사람이 있었어. 그는 거리를 떠돌면서 하프를 퉁기며 노래를 불렀지. 때로는 나지막한 목소리로 시를 읊었어. 그의 이름은 아리온이었어.

코린트 왕국의 페리안드로스 왕은 아리온의 연주를 듣고 싶어 그를 왕궁으로 초청했어. 왕은 아리온만큼 감미로운 목소리로 노래하면서 하프를 연주하는 사람을 여태 만나본 적이 없었어. 왕은 아리온을 마치 아들처럼 대하면서 아꼈어. 왕궁에 살도록 부탁했지. 왕궁의 손님들은 그의 멋진 하프 연주를 들을 수 있었어. 아리온의 이름은 멀리까지 퍼져나갔지.

어느 날 바다 건너 시실리 섬에서 음악 경연대회가 열린다는 소식이 들렸어. 아리온은 대회에 출전하고 싶었지. 1등을 하면 상으로 황금 한 상자를 준다는 거였어. 왕은 아리온이 바다를 건너는 게 염려스러웠지만 선원들을 시켜 아리온을 시실리 섬으로 보냈어. 무슨 일이 있어도 반드시 돌아와야 한다는 당부를 했지.

시실리 섬에는 축제가 무르익고 있었어. 밤낮을 가리지 않고 악기 소리, 노래 소리가 온 섬에 울려 퍼졌지. 아리온이 무대에 등장했어. 아리온의 연주와 노래는 청중들의 숨을 멈추게 할 정도였어. 그가 일등 상을 받는 것은 너무도 당연한 일이었지. 수백 명이 그를 에워싸며 열광적으로 환호했어. 시실리 사람들은 섬에 계속 머물면서 연주를 해달라고 부탁했지만 아리온은 왕과의 약속을 어길 수 없었어. 그는 다시 시실리 섬을 방문하겠노라고 말하고는 코린트 왕국으로 가는 배에 올랐지.

바람 한 점 없는 바다 위를 항해하는 일은 순조로웠어. 그런데 바다 한가운데에 이르자 선장과 선원들이 갑자기 그를 둘러싸고 위협하기 시작했어. 아리온은 두려워서 몸을 떨었지. 그들은 아리온에게 황금을 내놓으라고 소리쳤어. 아리온은 황금을 모두 줄 테니 목숨만은 살려달라고 애원했어. 하지만 선장과 선원들은 아리온의 말을 믿지 않았어. 아리온의 황금을 빼앗고 그의 목숨을 살려 준다면 페리안드로스 왕의 노여움을 살 수도 있을 거라고 생각했지. 아리온은 자신은 황금이 필요 없다고 말했어. 평생 하프를 연주하고 노래하면서 살 수 있게 해달라고 싹싹 빌었지. 그러나 소용 없었어. 그들은 아리온을 죽이려고 덤벼들었지.

아리온은 선장 앞에 무릎을 꿇고 죽기 전에 딱 한 곡만 연주하게 해달라고 간청했어. 선장과 선원들은 황금을 탐내는 강도들이었지만 유명한 아리온의 연주를 한번 들어보는 것도 괜찮다고 생각했어. 아리온은 갑판 위에 화려한 차림새를 하고 등장했어. 선원들은 모두 아리온을 바라보면서 침을 삼켰지. 아리온은 뱃머리에 서서 연주를 시작했어. 그의 하프 소리와 노래가 바다 위로 멀리멀리 퍼져나갔어. 그때였어. 마지막 노래가 끝나자마자 아리온은 뒤돌아보지 않고 바다로 몸을 던져버린 거야. 배는 점점 아리온과 멀어져 갔지.

파도에 몇 차례 휘말렸던 아리온은 갑자기 자신의 몸이 물 위로 떠오르는 느낌을 받았어. 그의 주위로 돌고래들이 몰려와 등으로 그를 받쳐주고 있었던 거야. 그 돌고래들은 아리온의 연주에 매료되어 배 주변으로 다가왔다가 아리온이 물에 빠지자 그를 구하러 온 것이었어.

등이 가장 넓은 암컷 돌고래 한 마리가 마치 엄마처럼 아리온을 등에 태우고 헤엄쳤고, 다른 돌고래들이 그를 호위하면서 따라왔어. 돌고래들은 코린트 해변에 도착해서 아리온을 내려주었지. 물론 아리온의 황금을 빼앗은 선장과 선원들은 나중에 왕에게 발각되어 큰 벌을 받았고.

그 이후로도 아리온이 해변에서 연주할 때면 돌고래들이 몰려와 하프소리에 귀 기울였어. 돌고래들이 사람의 아름다운 말과 달콤한 노래에 호응하고 사람과 소통하기 시작한 게 아마 그때부터였다지.

# 1

바다가 눈을 뜨기 시작했다. 아침 햇빛이 거무스름한 수면을 두드리자 바다는 반짝이는 빛을 천천히 빨아들였다. 햇빛의 손가락은 매우 가늘고 긴 실처럼 바닷속으로 스며들었다. 무성한 숲을 이룬 해초들이 일렁이는 것은 물결 때문이 아니었다. 그들은 빛을 한 줄기라도 더 끌어당기려고 저마다 손을 위로 뻗었다. 이렇게 소란스러워진 바닷속에서 계속 잠을 자는 건 어리석은 일이라고 체체는 생각했다. 그는 몸을 뒤틀면서 동그랗게 눈을 떴다.

오늘은 무슨 일이 나를 기다리고 있을까?

체체는 일렁이는 물결에 몸을 맡겼다. 그러자 파도가 체체의 몸을 어루만져주었다. 체체는 꼬리지느러미를 아래위로 가볍게 흔들었다. 미끈하고 탄탄한 몸이 천천히 앞으로 나아갔다. 엄마는 물론 식구들이 하나도 보이지 않았다. 벌써 사냥을 나간 모양이었다.

체체는 돌고래다. 조금 더 정확하게 말하면 올해 열다섯 살이 된 남방큰돌고래. 사람들의 분류법에 따르면 고래목-이빨고래아목-참돌고랫과-큰돌고래속-남방큰돌고래. 보통 남방큰돌고래는 다섯 살이 넘으면 혼자 사냥을 할 수 있게 되고 열세 살에서 열다섯 살 무렵이 되면 성숙한 어른이 된다. 가족을 떠나 독립하고 싶은 욕망으로 들끓게 되며 여태 관심 없었던 바깥세상의 일들, 특히 이성에 대해 생각하는 시간이 많아진다. 그런데 체체는 남들보다 늦게 어른이 되었다. 어릴 때까지만 해도 그는 호기심이 많았다. 그저 친구들과 장난치는 일, 먹고 노는 일, 여자애들과 다투는 일에 집중하던 철없는 아이. 하지만 그에게는 지난 몇 년간의 일로 마음속에 깊은 웅덩이가 생겼다.

너도 이제 스스로 책임져야 하는 나이야.

체체가 열다섯 살이 되었을 때 엄마는 이렇게 말했다.

그때 체체는 엄마에게 대들 듯이 말했다.

아버지는 우리 가족을 돌보지 않고 떠났잖아요.

체체의 입에서 아버지, 라는 말이 튀어나오자 엄마는 적잖게 놀라는 표정이었다. 그녀가 뱃속에 체체를 가진 이후 남편은 가족을 떠났고 그녀도 남편에 대한 기억을 말끔하게 지우고 살았다. 남자가 자식을 돌보지 않고 떠나는 것, 그건 돌고래 사회의 오래된 관습이기도 했다.

네 말도 맞아. 하지만 돌고래들은 떠나는 것으로 책임을 진단다.

엄마는 길쭉한 주둥이로 체체를 툭 건드리며 중얼거렸다. 알 수 없는 알쏭달쏭한 말이었다.

떠나는 게 돌아오는 거지.

엄마는 한 번 더 확인하듯이 말했다.

체체는 도무지 이해할 수 없었다.

사소한 일이든 힘겨운 일이든 다 받아들이는 게 책임지는 것 아닌가?

열다섯 살 체체의 머리는 복잡해졌다. 전에 없던 고민들이 하나둘씩 그의 머릿속으로 자갈처럼 굴러들어왔다. 한 가지를 고민하면 또 두세 가지 고민이 덩달아 따라왔다. 오징어 사냥을 나가면 오징어는 무엇을 사냥하며 사는지 궁금했다. 머리 위로 이동하는 철새들을 보면 얼마나 가벼워져야 하늘을 날까 궁금했다. 밤에 빛나는 북극성을 바라보면 그 별까지의 거리가 얼마나 될까 궁금했다. 무엇보다 제일 큰 고민은 여자애들과 놀고 있으면 시간이 급속히 빨리 지나간다는 것이었다. 시간은 겨울에 서쪽으로 세력이 확장되는 제주 난류보다 빨랐다. 이러다가 너무 빨리 늙고 너무 빨리 죽지 않을까 하는 것도 고민의 하나였다.

다행히 체체는 최근 들어 바다에 대해 조금씩 알게 되었다. 지구에게도 소용돌이치는 뜨거운 사춘기 시절이 있었다는 것. 화산이 불과 용암을 뿜어 올리며 요동치던 때 말이다. 수십 억 년 전에 그 뜨거웠던 지구의 열기가 대기로 빠져나오면서 수증기가 되었고, 수증기는 구름이 되어 피어올랐고, 구름은 비가 되어 내렸다는 것. 수억 년 동안 비가 내려 물은 층층이 탑처럼 쌓였고, 그 탑의 높이가 바다의 깊이가 되었다는 것. 바닷속에는 체체가 알지 못하는 드넓은 평원, 거친 협곡이 있는가 하면 부드러운 능선이 이어진 산도 있다는 것. 바다의 고원지대에는 아직도 불을 뿜기 위해 꿈틀거리는 휴화산이 숨어 있고, 아무도 알지 못하는 식물과 물고기들이 부지런히 삶을 이어가고 있다는 것. 사람들이 섬이라고 부르는 육지 아래에 사실은 거대한 바다의 산맥이 있다는 것.

이런 걸 체체에게 말해준 이는 할아버지였다. 할아버지는 며칠 전에 가족들 곁으로 돌아왔다. 할머니는 몇십 년만인지 생각도 안 난다고 했다. 그럼에도 할머니는 할아버지가 싫지 않으신 모양이었다. 쇠약해질 대로 쇠약해진 할아버지 옆을 떠나지 않는 건 할머

니뿐이었으니까. 할아버지가 숨 쉴 수 있도록 수면으로 할아버지
몸을 밀어 올리면서 할머니는 조바심 내며 말했다.

　너희들 빨리 좀 와봐.

　그러면 엄마도 이모와 고모도, 그리고 체체도 등을 받쳐 할아버
지를, 거대한 남방큰돌고래 한 마리를 물 위로 들어 올리는 데 힘
을 보탰다. 그때마다 할아버지는 가쁜 숨을 내뱉었다. 크악, 하고
내쉬는 그 숨이 당신이 세상에 남기는 마지막 언어라는 듯이.

# 2

한 노인이 언덕배기에 있는 체체네 집을 찾아왔다. 그는 꽤 굵은 뼈대를 가진 돌고래였지만 행색은 형편없었다. 몸 곳곳에 난 얼룩덜룩한 상처 자국들, 빛바랜 살갗, 쭈글쭈글해진 입, 찢어발기다가 그대로 둔 것 같은 가슴지느러미. 어디 하나도 성한 데가 없었다. 마치 평생 매일같이 폭풍을 맞은 남방큰돌고래 같았다.

할머니가 아니었으면 체체는 그 노인을 떠돌이 거지라고 비웃을 뻔했다. 노인을 보자마자 할머니의 목소리는 부드럽게 바뀌었다.

이미 돌아가신 줄 알고 살았어요.

그렇게 체체에게 엄하던 할머니였는데 목소리와 몸짓이 마치 소녀 같았다. 할머니는 언덕배기의 동굴 옆, 그러니까 집에서 제일 편한 자리에 노인의 자리를 마련했다. 노인은 숨을 제대로 쉬지 못했고, 할머니가 등으로 떠받쳐주어야만 겨우 수면 위로 떠올라 숨구멍을 한 번씩 열었다.

할머니가 말했다.

체체, 여기 등지느러미 좀 보아라. 아이들이 처음 태어났을 때는 등지느러미가 아무런 상처도 없이 매끈하지. 서로 싸우고 사냥을 다니고 파도와 암벽에 맞서면서 등지느러미 안쪽에 이렇게 상처가 생긴단다.

할머니는 노인의 너덜너덜해진 등지느러미 안쪽을 가만히 입으로 비볐다. 노인의 등지느러미 끝은 꼬리 쪽으로 휘어져 등줄기와 거의 평행을 이루고 있었다. 놀랍게도 그것은 체체의 등지느러미 방향과 흡사했다.

상처는 살아온 시간의 무늬지.

할머니가 혼잣말을 하면서 한숨을 쉬었다.

그 노인은 체체의 할아버지였다. 할아버지는 할머니 곁을 떠난지 20년이 훨씬 지나 쇠약해질 대로 쇠약해져서 집으로 돌아온 거였다. 남방큰돌고래 무리는 보통 안전한 해안으로부터 1킬로미터를 벗어나는 일이 거의 없다. 할아버지가 오랫동안 어디까지 갔다 왔는지 아는 이는 아무도 없었다. 체체의 눈에는 짙은 회색의 등과 옆구리만 보였다. 그것은 깊은 바다를 닮아 있었다.

할머니는 할아버지 수발에 최선을 다했다. 맛있는 오징어 몇 마리를 할아버지 입에 직접 물려주기도 했으며, 할아버지 꼬리에 붙은 자잘한 미더덕을 떼어내려고 입을 수세미처럼 문질렀고, 할아버지가 숨이 가빠질 때마다 가족들을 불렀다.

덩치 큰 할아버지를 물 위로 떠밀어 올리는 일이 사흘째 체체의 중요한 일과가 되었다. 그는 내심 못마땅했지만 그렇다고 할아버지에 대한 할머니의 배려와 존중에 대해 따질 수도 없었다.

잠깐이라도 한눈을 팔아서는 안 된다.

이른 아침에 할머니는 가족들과 사냥을 나가면서 체체에게 말했다. 체체에게 할아버지 시중을 드는 일을 떠맡긴 것이었다.


바닷물 속은 맑았다. 물이 너무나 맑아서 이 바닷물을 들이켜면 손가락만 한 멸치도 온몸이 투명한 돌고래로 변한다는 착각을 할 만했다. 체체는 따분했지만, 동굴 옆 할아버지의 거처를 이리저리 헤엄쳐 다니는 일 이외에 할 게 없었다. 할아버지는 등지느러미를 바로 세우지도 못하고 파도에 몸을 맡겨두고 있었다. 큰 파도가 몰려오자 할아버지의 몸이 근처 바위로 밀려가 부딪쳤다가 튕겨 나왔다. 할아버지의 입에서 끄응, 하는 숨소리가 들렸다. 체체는 갑자기 할아버지가 걱정되기 시작했다. 그는 가슴지느러미를 재빨리 저어 할아버지 곁으로 다가갔다.

괜찮으세요?

체체를 지그시 바라보더니 할아버지가 입을 열었다.

체체, 너는 완전한 돌고래가 되어야 한다. 완전한 돌고래는 바람에 출렁이는 물결과 같은 돌고래지.

체체는 바닷속을 빠르게 헤엄칠 수 있는, 누구보다 늘씬한 몸을 가졌기에 물결처럼 물렁물렁한 돌고래가 되고 싶지 않았다. 돌고래들은 바다를 뚫어야 하고 바다와 싸워 이겨야 하고 바다를 지배해야 하는데 말이다.

저는 물결에 휩쓸리는 돌고래가 되고 싶지는 않아요.

할아버지가 처음으로 고요하게 웃음을 지었다.

체체는 그 웃음의 의미를 알 수 없었다. 할아버지가 죽음을 앞두고 정신이 혼미해진 건 아닐까 싶었다. 할머니와 엄마는 늘 물결을 이겨야 한다고 가르쳤는데 할아버지는 물결과 같은 돌고래가 되라고 하지 않는가.

바다를 지배하려면 바다와 어울릴 줄 알아야 해. 그렇게 하려면

너 자신의 예언을 잊지 말아야 한단다. 언제나 너 자신의 예언에 귀를 기울이거라.

할아버지가 말했다.

체체는 너 자신의 예언이라는 말을 잘 알아들을 수 없었다. 할아버지는 참으로 엉뚱한 분이셨다. 체체가 어떤 예언을 할 수 있는 선지자도 예언자도 아닌데 말이다. 그렇지만 체체는 고개를 끄덕이는 시늉을 했다. 적어도 할아버지의 말에 대해 예의는 갖출 줄 알아야 한다.

여기가 아닌 다른 세상을 꿈꿀 줄 알아야 우리는 완전해질 수가 있지. 바깥의 영혼, 바깥의 힘, 바깥의 에너지가 네 운명을 결정하지 않아. 네가 가야 할 길은 네 속에 숨어 있어. 그 숨어 있는 길이 예언이라고 할 수 있지. 너는 그 숨어 있는 예언을 끄집어내야 한단다. 그걸 너의 푯대로 삼으렴.

할아버지를 만난 이후 가장 긴 말이 이어지고 있었다. 체체는 가족들이 어서 돌아왔으면 좋겠다고 생각했다.

할아버지가 힘겹게 말을 이었다.

우리는 마음의 야생지대를 점점 잃어가고 있어. 그게 우리 남방 큰돌고래들만의 잘못은 아니지만 말이다. 길들여지는 데 익숙해지고, 편안한 것만을 추구하는 게 행복이라고 여기지. 체체야, 내 말을 듣고 있니?

체체는 두 눈을 깜박이며 고개를 끄덕였다.

나는 야생지대를 찾아다니느라 평생을 보냈단다.

그럼 할아버지는 그곳을 찾았나요?

체체의 질문에 대답하지 못한 채 할아버지는 숨을 헐떡였다. 체체는 할아버지의 육중한 몸을 물 위로 밀어 올려 숨을 내뱉도록 도왔다. 할아버지의 삶의 무게가 체체의 등에 고스란히 얹혔다. 수면 위에 할아버지가 내뿜는 숨이 마치 힘없는 분수의 물방울처럼 공중으로 흩어졌다.

할아버지, 괜찮으세요?

나는 아무 문제가 없어. 너 그거 아니? 옛날에는 죽을 때 숨을 거둔다고 하지 않았어. 옛사람들은 눈길을 거둔다는 말을 사용했지. 나는 죽지 않아. 나는 이제 보는 걸 중단하는 거야.

정말 체체에게서 눈길을 거두려는지 할아버지는 체체를 똑바로 바라보지 못했다. 할아버지 몸에서 어떤 돌고래 한 마리가 빠져나가고 있었다. 젊고 강인하고 푸른빛을 내뿜는 돌고래였다. 체체는 불안했다. 할아버지는 물 위에 몸을 띄우지 못하고 가라앉고 있었다. 그럼에도 체체를 향해 가느다랗게 말했다.

체체야……．

할아버지가 스르르 눈을 감았다. 바다는 여전히 맑았고 가족들은 돌아올 기미가 없는데, 체체 혼자서 할아버지의 임종을 지켜보고 있었다. 체체는 할아버지가 마지막으로 들려줬던 말을 기억했다.

너는 부디 돌고래 사회의 중심으로만 가야 한다고 생각하지 말거라. 마음의 야생지대는 변두리에 있다는 걸 잊지 말고.

할아버지의 죽음을 마주한 할머니는 할아버지 시신 위에 아래 턱을 얹고 울었다. 그 모습은 마치 턱으로 시신을 주무르는 것처럼 보였다. 엄마는 눈물을 닦지도 않고 할아버지 곁을 빙빙 돌았고, 고모는 온종일 아무것도 먹지 않고 울기만 했다. 이모는 조문하러 온 이웃들을 안내하느라 정신이 없었다.

이웃 돌고래들은 할아버지의 시신을 물 위로 밀어 올리는 장례 의식에 힘을 보탰다. 할아버지를 밀어 올리면서 이웃들은 슬픔을 씻어내는 것 같았다. 어떤 이웃 몇몇은 할아버지를 아기처럼 등에 업고 우스꽝스런 춤을 추는 시늉을 했다. 그 몸짓은 슬픔에 빠진 체체네 가족을 쓰다듬어 주었다.

장례는 이틀 동안 계속되었다.

체체는 울지 않았다. 그는 할아버지에게서 눈길을 떼지 않았을 뿐이다.

이제 이 분을 놓아드리자.

할머니는 할아버지를 둘러싸고 있던 가족들에게 말했다. 그 순간, 가족들의 엄청난 울음소리가 바닷속으로 퍼져나갔다. 엄마의 눈자위는 짓물러 있었다. 할아버지를 떠나보내는 날이 왔는데도 체체는 아무렇지 않았다. 체체는 죽음이 슬픔을 데려오는 게 아니라 슬픔이 죽음을 데려간다고 생각했다.

그는 할아버지가 사라진 곳으로 시선을 고정시키고 말했다.

나도 멀리 가보고 싶다.

# 3

육지의 끝에 바다가 펼쳐져 있는 게 아니다. 바다가 끝나는 지
점에 육지가 있다. 바다가 숨을 멈추는 곳, 바다의 숨소리가 들리
지 않기 시작하면 거기가 바로 육지다. 육지가 바다의 해안선을 결
정한 게 아니다. 바다가 육지의 형태를 결정했고, 바다가 해안선을
만들었다. 바다가 발소리를 죽이고 물러앉았기 때문에 해안선이
생겨났다. 그러니까 바다의 끄트머리에 육지가 붙어 있다는 말이
다. 나는 너의 끄트머리에, 너는 나의 끄트머리에 붙어 있다. 그래
서 우리는 하나의 세계가 된다.

바다는 부드럽고 둥글고 물렁물렁하지만, 육지는 딱딱하고 각

이 지고 푸석푸석하다. 바다는 텅텅 비어 있으면서 동시에 꽉 차 있다. 육지는 꽉 들어차 있는 것처럼 보이지만 허공이 텅 비어 있다.

육지에서는 이미 누군가 반듯하게 닦아 놓은 것을 길이라고 말한다. 누군가가 지나간 흔적, 그 딱딱함을 길이라고 생각한다. 하지만 바다에는 우리 같은 돌고래나 전갱이나 크릴새우의 길이 아직 생성되지 않은 채 앞에 놓여 있다. 우리가 헤엄쳐가야만 길이 만들어진다. 우리는 그래서 길가에 이정표 따위를 세워두지 않는다. 가야 할 길의 방향이 우리 몸속에 저장되어 있기 때문이다.

육지에 사는 사람들은 바다가 육지의 변두리라고 생각한다. 하지만 남방큰돌고래들의 생각은 다르다. 돌고래들은 육지가 바다의 변두리라고 생각한다.

# 4

돌고래들은 사냥을 나가 먹잇감을 쫓을 때 가슴지느러미를 흔들지. 먹이를 재빨리 낚아채거나 자신의 행동을 남에게 떠벌리고 싶을 때는 가슴지느러미를 활짝 펴 과시를 하고, 누군가를 향해 방향을 틀 때도 가슴지느러미가 필요하지. 또한 꼬리지느러미를 위아래로 흔들어 속도를 내면 바닷속 어디든지 갈 수가 있지.

왜 멀리까지 가보려고 하지 않지?

나는 낯선 곳을 가기를 꺼려하는 돌고래들이 늘 못마땅했어. 지느러미를 흔들어 바닷속을 헤엄치며 먹이를 먹는 일은 물론 중요해. 하루도 게을리 하면 안 된다는 것도 알아. 열다섯 살이면 그 정도는 알지. 하지만 뭔가 새롭고 낯선 먹이 앞에서는 누구나 주눅이 들잖아. 그 앞에서는 머뭇거리고, 조심스러워 하는 게 당연한 것처럼 말이야.

어릴 때부터 나는 먹이가 있는 방향을 잘 아는 돌고래가 현명한 돌고래라는 말을 수없이 들어왔어. 목표물을 향해 이미 정해져 있는 방향을 찾는 일은 그다지 힘든 일이 아니야. 어른들의 말을 고분고분 듣기만 하면 누구나 칭찬을 받았으니까. 온순한 아이들은 낯선 것을 싫어하지.

할아버지한테서 '마음의 야생지대'라는 말을 들은 이후, 나는 그 야생지대가 궁금해서 매일 그곳이 어디일까 생각을 해. 어느 방향으로 가야 거기에 닿을 수 있을지, 내가 그 방향을 잘 찾아낼 수는 있을지 말이야. 그러면서 몇 가지 단어들을 곰곰 떠올리지. 자유, 생명, 근원, 자연, 원형, 평야, 광장, 대지, 수평선, 심해, 심연, 방향……. 할아버지는 말했지. 방향이란 자유롭게 되는 지점을 찾는 것이라고. 아니 우리가 자유가 되는 일이야, 라고 하셨어.

내가 여덟 살 때였을 거야. 나는 해변의 모래사장에 누워 볕을 쬐면서 뒹굴고 싶은 돌고래였어. 내 꿈은 해변에서 온몸에 햇볕을 받으며 늘어지게 낮잠을 자보는 거였지.

어느 날 오후, 나는 해변으로 밀려가는 파도에 올라탔어. 물이 점점 얕아지는 해변으로 헤엄쳐 갔지. 모래들이 쌔근쌔근 숨 쉬는 소리가 들렸어. 나는 결국 모래사장에 벌렁 드러눕게 되었지. 한 번도 느껴보지 못한 쾌감이 몸을 감쌌어.

끝없이 펼쳐진 해안선, 멀리 보이는 비치파라솔과 알록달록한 튜브들, 선글라스를 끼고 수영복을 입은 젊은 사람들……. 모든 장면이 눈부시게 아름다웠어. 나는 모래사장의 매혹에 몸을 떨었어. 그러다가 꼬리지느러미로 젖은 모래를 두드려 보았는데, 마치 북소리가 둥둥 울리는 듯했지.

아, 나도 여기에서 살고 싶다…….

그때 모래알들이 반짝이며 내게 말했어.

너는 물속에서 살아야 해. 너는 부드럽지만 여기는 버석거려. 숨을 쉬지 못하면 목숨이 위태로울지도 몰라.

나는 모래알의 경고를 귀에 담지 않았어. 그냥 해변이 좋았던 거야. 따뜻한 모래의 온도를 배로 받아들이고 등으로도 받아들였지. 구태여 힘든 사냥을 떠날 필요도 없었어. 나는 입을 벌려 쏟아지는 햇볕을 받아먹었어. 그러자 내 입은 가뭄이 든 것처럼 바싹바싹 말라가기 시작했어. 짙은 회색 피부에 허옇게 보풀 같은 게 생겨났고, 꼬리가 뻣뻣해지는 거였어. 이러다가 영영 바다로 돌아가지 못하는 게 아닐까, 나는 더럭 겁이 났지. 천국과 지옥의 거리는 너무 짧다는 생각이 밀려왔어.

다행히 나는 지옥까지 가지는 않았어. 바다가 가까이 있었던 거야. 바다는 내가 해변에 드러눕는 걸 멀리서 지켜보고 있었어. 돌고래가 모래사장에서 오래 버티지 못한다는 걸 바다는 잘 알고 있었지. 밀물 때가 되어 바다는 내게 다가와 고함을 질렀어.

꼬리를 내리쳐라. 점프를 해서 나를 향해 뛰어들어!

멀리까지 갔던 바다가 나를 발견하고 겨우 물속으로 데려왔지. 그때 나는 방향을 찾는 데 실패했던 거야.

'반향정위'라는 말이 있어. 조금 난해한 단어인데 한자로는 '反響定位', 영어로는 'Echolocation'이라고 하지. 사람들이 돌고래들의 소통 방식이 무얼까 연구하면서 이 말을 만들어냈다지. 소리는 대기 중에서보다 물속에서 더 빨리 전달이 돼. 사람들의 음성보다 돌고래들의 음성이 이동속도가 훨씬 빠르다는 거지. 우리 돌고래들은 머리 안쪽 숨구멍 아래에 있는 공기주머니를 움직여 소리를 만들어. 이 소리는 볼록렌즈 역할을 하는 기름 주머니를 거쳐 밖으로 발산이 되지. 그러면 그 음파가 대상을 인식한 뒤에 튀어나와 아래턱으로 돌아와서는 머리 안쪽의 귀로 이동해. 우리들의 두뇌는 그때 그 울림을 분석하고 해석해서 방향을 정하고 먹이를 사냥하는 거야.

 사실 이렇게 설명하는 건 참 따분한 일이야. 우리 돌고래들은 기계처럼 어떤 명령의 지시를 받아서 그걸 체계적으로 시행하지는 않아. 사람들은 돌고래가 마치 자동설비기계처럼 물고기들을 사냥하고 장애물을 피해 가는 줄 알지. 그건 아니야. 모든 것은 순간적이지. 위험에 닥쳤을 때, 배가 고파서 고등어나 전갱이를 찾을 때, 마음에 드는 상대방을 만났을 때, 우리는 우리 몸이 시키는 대로 순식간에 반응하지.

 체체!

누가 내 이름을 부르면 나는 즉각적으로 그 말에 대응해. 아마 육지에 사는 사람들보다 다섯 배는 빠르게 알아들을 걸? 육지 사람들은 축구장 반대편 끝에서 꼬물거리는 해삼 한 마리가 움직이는 소리를 듣지 못하지. 하지만 나는 들을 수 있어.

육지의 큰 도서관에 가면 '남방큰돌고래의 휘슬음 특성'이라는 논문이 있다고 들었어. 돌고래들이 바다에서 어업을 망치기 때문에 경고 시스템을 개발하기 위해 기초연구를 한 거래. 우리가 그물을 찢고 어업 도구를 망가뜨린다는 주장에 대해서 여기서 왈가왈부하고 싶지는 않아. 내가 한가하지 않기 때문이야. 돌고래의 언어를 사람들은 '휘슬음'이라고 불러. 휘슬처럼 삐익, 삑 소리가 난다고 그렇게 이름을 붙였겠지. 그런데 모든 사람들이 휘슬음이라고 부르지는 않아.

한번은 해변에 몰려온 사람들이 소리쳤어.

휘슬이 아니야.

그럼?

저건 바닷속에서 새들이 지저귀는 소리 같아.

정말?

자세히 들어봐.

아, 굴뚝새 소리 같아.

아니야. 개똥지빠귀 소리에 가깝지 않아?

그들은 자기주장을 굽히지 않았어. 자기의 귀가 더 정확하고 옳다는 거였지. 그들은 조류학자들이었어.

곤충학자들은 여치소리인지 방아깨비의 날갯짓 소리인지를 두고 서로 다투었고, 완구점 주인들은 어린이용 호루라기 소리인지, 국제경기용 호루라기 소리인지를 두고 다투었어. 사람들은 뭐든 멋대로 이름 붙이는 걸 좋아하잖아.

아, 저 돌고래들이 휘파람을 부는구나. 나도 그녀를 향해 다시 휘파람을 불고 싶네.

한번은 실연당한 젊은이가 여행을 와서 중얼거렸어. 그의 옆에는 어린 조카가 손을 잡고 서 있었어. 그때 그 어린애가 뭐라고 했는지 알아?

삼촌, 휘파람 소리가 아니에요. 저건 돌고래들이 서로 대화를 하는 소리예요.

꼬마 말이 맞지 않아?

# 5

옆구리에 길게 그어진 벌건 생채기에서 자꾸 피가 배어 나왔다. 체체는 쓰려오는 옆구리를 미역 줄기에 갖다 댔다. 가느다란 미역에라도 뭔가 위로를 받고 싶었던 것이다. 참으로 순식간에 일어난 일이었다. 그는 바닷속 평평한 모래 위를 헤엄치고 있었을 뿐이었다. 바닥에 깔려 있던 모래가 갑자기 꿈틀, 하고 움직였다.

이거 뭐지? 지진이라도 난 거야?

참으로 괴이한 일이었다. 체체의 몸에 갑자기 통증이 달라붙었다. 그건 모래가 아니라 몸의 지름이 2미터가 넘는 가오리였다. 모래 속에 숨어 있던 가오리가 긴 꼬리 채찍으로 체체를 호되게 후려치고 유유히 사라졌다. 혼자 사냥에 나선 지 얼마 되지 않을 때였다.

그 이후로 체체는 가오리 근처에 얼씬하지 않았다. 상황은 식성을 바꾸는 모양이었다. 체체가 가장 좋아하는 먹이는 고등어다. 제주 바다에 고등어는 넘쳐났고 마음만 먹으면 언제나 어렵잖게 허기를 채울 수 있었다. 부드러우면서도 비린내가 적당한 살점, 작지만 날렵한 고등어의 수영 실력은 아주 매력적이었다. 체체는 고등어를 입에 물고 장난을 치는 걸 좋아했다. 고등어를 주둥이로 물고 있으면 파르르 떠는 꼬리가 입술을 어루만져주는 것 같았기 때문이다.

그날도 체체는 고등어 떼를 따라 가고 있었다.

둥근 바위만 한 무리를 형성했던 고등어 떼는 돌고래들이 공격하자 재빨리 몇 덩이로 무리를 나누었다. 체체는 그중 한 무리의 꽁무니를 쫓아 뒤도 돌아보지 않고 추격을 계속했다. 고등어 떼가 비좁은 터널 속으로 달아나자 체체 역시 터널로 들어갔다. 터널은 어부들이 쳐둔 그물 속이었다. 예상하지 못한 일이었다. 그물은 커다란 자루처럼 입을 벌리고 떼 지어 밀려오는 물고기를 잡아 가두었다. 다행히 위쪽이 뚫려 있어 숨을 쉴 수는 있었지만 체체는 오도 가도 못하는 처지가 되고 말았다.

새벽에 그물을 끌어 올린 어부들은 체체를 보자 말소리를 낮췄다.

빨리 처리하는 게 좋아.

그들은 그물에 든 고등어보다 돌고래 체체에게 더 관심을 기울였다. 그게 사랑이었으면 좋겠다고 체체는 생각했다. 그들은 재빨리 검은 헝겊으로 열두 살 체체의 눈을 가렸다. 체체에게 무서운 밤이 왔다.

체체는 들것에 실렸고, 한참 뒤에 눈을 떠보니 그곳은 작은 수영장이었다.

체체가 불안한 눈을 깜박였다.

이렇게 어둡고 네모 난 바다는 난생처음 보는걸. 이게 바다야?

수영장은 비좁았다. 꼬리지느러미를 서너 번만 흔들어도 끝에서 끝까지 가 닿을 수 있었다. 수영장에는 먼저 잡혀 온 낯선 남방큰돌고래 두 마리가 있었다. 그들은 체체를 본체만체 했다. 배가 고팠다. 온종일 아무것도 먹지 못했다. 수영장에 고인 물로는 허기를 채울 수는 없었다. 사람들은 하루에 몇 차례 다른 돌고래들에게 뭔가를 던져주었다. 멀리서도 퀴퀴한 냄새가 나는 냉동 고등어였다.

2주가 지났다.

체체는 아무것도 먹지 못했고, 체중이 줄어 몸이 풍선처럼 가벼워졌다. 살아 있는 고등어를 먹고 싶었다. 수영장에서 먹이를 주지 않고 배를 곯리는 일을 사람들은 순치 훈련이라고 했다. 순치란 야생의 돌고래를 길들여 고분고분하게 만드는 일이었다. 체체는 배가 고파 죽을 지경이었다. 2주 만에 체체에게 던져진 것은 죽은 전갱이 몇 토막이었다. 체체는 사람들이 주는 대로 덥석덥석 전갱이를 받아먹었다.

내가 오징어가 된 기분이야. 죽은 물고기를 먹다니.

며칠이 지났을까. 사람들은 체체를 수조 탱크에 가두고 선박의 화물칸에 실었다. 날씨는 무더웠고 탱크 안의 수온은 섭씨 30도에 가까워지고 있었다. 체체가 좋아하는 제주의 4월 바다는 대개 15

도 정도를 유지했다. 체체는 그곳과는 정반대의 길을 가고 있었다. 체체는 갑갑하고 더워서 죽을 것만 같았지만, 그가 자신의 힘으로 할 수 있는 일은 아무것도 없었다.

체체는 서울대공원으로 옮겨졌다.

혹독한 훈련이 시작되었다.

공원의 조련사들은 양동이에 냉동된 물고기를 가득 넣어 와서 묘기를 가르쳤다. 공중점프를 멋지게 성공하면 전갱이 한 마리, 주둥이로 훌라후프를 돌리거나 공을 튕겨 올리면 고등어 두 조각, 등지느러미를 파르르 떨면서 관객들에게 인사하면 오징어 한 마리, 조련사를 등에 태우고 물살을 가르며 헤엄치면 도루묵 다섯 마리…….

공연의 끝은 언제나 관객들에게 인사를 하는 것으로 마무리되었다. 머리를 물속에 거꾸로 박고 꼬리지느러미를 까딱까딱 세 번 움직여야 했다. 한번은 꼬리를 세 번 흔들지 못하고 두 번만 흔들고 물 밖으로 나온 적이 있었다. 체체는 입을 벌리고 조련사의 손길을 기다렸지만 그는 한 조각의 생선도 던져주지 않았다. 체체는 욕을 내뱉었다.

매일 돌고래 쇼 공연장은 발 디딜 틈이 없었다. 체체가 미끈한 몸으로 묘기를 부릴 때마다 관객들은 환호했으나 체체는 단지 배가 고팠을 뿐이었다. 하루에 다섯 번 공연을 하고, 모두 7.5킬로그램의 냉동 생선을 먹어야 했으니까. 체체가 공연에 필요한 묘기 동작을 완전하게 익힌 것은 대공원에 들어온 지 1년이 지났을 때였다. 매일같이 공중점프, 주둥이로 훌라후프를 돌리거나 공 튕겨 올리기, 등지느러미를 파르르 떨면서 관객들에게 인사하기, 조련사를 등에 태우고 물살을 가르며 헤엄치기 훈련이 거듭됐다. 몸살이 나서 점프의 높이가 낮아지기라도 하면 조련사들은 어김없이 체체를 굶겼다.

체체는 자신에게 물었다.

너 여기서 뭘 하니?

그러면 체체 속의 또 다른 체체가 대답했다.

지루한 시간을 다 모으면 바다로 돌아가는 물길이 되고도 남을 텐데⋯⋯. 영영 이렇게 살아야 한다면, 차라리 말라 죽는 게 나을지도 몰라.

공연을 하는 수영장을 빠져나오면 수족관이 그를 기다리고 있었다. 수족관은 가로 12미터, 세로 5미터, 깊이 3미터의 크기였다. 그곳이 돌고래들의 숙소였다. 체체보다 먼저 대공원에 들어온 네 마리의 돌고래가 있었다. 그들은 체체보다 나이가 많은, 대륙붕 아래 골짜기에 사는 이웃 마을의 형들이었다. 체체가 대공원에 들어온 첫날 밤, 형들은 그를 밖으로 불러냈다.

인사를 잘해야지!

한 돌고래가 꼬리지느러미로 체체의 몸통을 내리쳤다. 이걸 본 두 번째 돌고래가 입을 벌려 등지느러미를 물어뜯었다. 이어서 그

들은 이빨로 체체의 옆구리에 긴 선을 그었고, 체체의 눈알을 할퀴었고, 체체의 가슴지느러미를 사정없이 후려쳤다. 폭행은 한 시간이 넘게 이어졌다. 체체는 그저 맞기만 했다. 시멘트로 만든 수영장의 벽은 체체를 에워싸고 그들의 폭행을 도왔다. 체체는 몇 번이나 시멘트벽에 부딪쳐 나동그라졌다. 체체의 주둥이 끝으로 핏기가 벌겋게 번져나갔다.

죽음과 같은 밤이었다. 체체는 그날 밤 한숨도 자지 못했다. 엄마가, 제주 바다가 그리웠다. 체체는 밤새 껄껄 울었다.

다음 날 아침, 체체는 수영장을 천천히 헤엄치고 있었다. 몸의 모든 관절이 쑤셨다. 출근한 조련사가 체체를 보더니 깜짝 놀라면서 물었다.

무슨 일이 있었니?

체체가 대답했다.

점프 연습을 너무 세게 하다가 갑자기 수영장 밖으로 튀어 올랐지 뭐예요.

체체는 태연한 척했다.

조련사가 이마를 쓰다듬으며 오징어를 몇 마리 던져주었다. 체체는 오징어를 입에 담았다. 목구멍이 아파서 오징어를 삼킬 수가 없었다. 조련사가 돌아간 다음에 간밤의 형들이 거들먹거리며 체체에게 다가왔고, 오징어는 이내 그들의 입속으로 들어갔다.

열두 살에 붙잡혀 간 체체는 열다섯 살이 되어서야 간신히 제주 바다로 돌아올 수 있었다.

환경운동가들은 돌고래 쇼에 동원되는 돌고래들을 모두 바다로 돌려보내야 한다고 제안했고, 시민들이 관심을 갖고 하나둘 집회와 시위에 참여했다. 돌고래 연구자들과 언론사 기자들의 응원이 없었다면 꿈도 꾸지 못할 일이었다.

체체는 한 살 많은 돌고래 쿠쿠와 함께 제주로 가는 수송기에 실렸다. 특수 제작된 수송용 수조는 가로 321센티미터, 세로 91센티미터, 높이 106센티미터 크기였다. 서울로 붙잡혀 올 때보다 안락한 수조 안에서 쿠쿠가 말했다.

우리가 최초로 하늘을 나는 남방큰돌고래가 아닐까?

체체가 대답했다.

아마 최초일지 모르지만 나는 우리가 마지막이었으면 좋겠어.

제주공항에서 함덕항까지는 무진동트럭이 체체 일행을 실어 날랐다. 이송은 신속하게 진행되었고 사람들은 빈틈없이 시간을 맞췄다. 이제 야생 적응 훈련이 그들을 기다리고 있었다. 항구에서 약 300미터 떨어진 해상 가두리에서 제주의 수온과 조류를 직접 체감하면서 두 달을 보낸다고 했다.

바다는 잠잠했고, 한낮이 되어도 최고수온은 20도를 넘지 않았다. 3년 만에 제주 바다를 다시 보게 된 체체는 매일 새로운 영화를 한 편씩 보는 것 같았다. 벵에돔, 돌돔, 고등어, 독가시치, 어랭이, 오징어, 농어, 자리돔 들이 바다의 주인공들이었다. 특히 몸에 검은 줄무늬가 선명한 돌돔들이 떼로 몰려와 가두리 주변을 헤엄칠 때면 체체도 길들여지지 않은 돌고래, 바람 같은 돌고래가 되고 싶었다. 야생 적응 훈련은 주로 살아 있는 먹이를 받아먹는 훈련이 대부분이었다. 그것은 죽은 고기만 먹고 살던 시간을 잊게 하는 훈련이었다. 펄쩍펄쩍 살아 있는 고등어, 넙치, 오징어 등을 입으로 낚아채 삼키는 일은 식은 죽 먹기였다.

내가 직접 물고기를 잡아서 먹는 일이 아니라면 이건 훈련에 불과해.

쿠쿠는 한 달째 불만을 늘어놓고 있었다.

나는 떠날 거야.

해상 가두리의 밑바닥 쪽에 난 틈을 봐두었던 쿠쿠는 그 이튿날 그물 틈을 빠져나갔다. 가두리 그물 바깥쪽에서 쿠쿠는 체체에게 어서 나오라고 가슴지느러미를 흔들었다. 하루만 더 신중하게 생각해보겠다고 머뭇거린 게 화근이었다. 쿠쿠의 탈출을 알아챈 관리원들은 찢어진 그물을 꿰매버렸고, 체체만 혼자 그물 안에 남게 되었다.

쿠쿠는 남방큰돌고래 무리에 합류하는 데 성공했다. 그는 아침마다 열서너 마리의 돌고래들과 함께 체체의 가두리를 찾아왔다. 그들은 체체가 어떻게 하면 그물을 빠져나올 수 있는지 궁리했고, 3년 동안 제주 바다가 어떤 모습으로 변했는지 조금씩 알려주었다. 그들은 살아 있는 한치를 몇 마리 물고 와 그물 속으로 넣어주었으며, 남방큰돌고래 관찰을 목적으로 한 해상관광이 시작되었다는 이야기를 들려주기도 했고, 곧 엄마가 찾아올 거라는 기쁜 소식을 전해주기도 했다.

하지만 체체를 가장 기쁘게 한 것은 유난히 눈이 반짝이는 소녀가 찾아왔다는 것이었다. 소녀는 몸이 날씬하고 위턱의 폭이 좁았다. 배는 분홍빛을 띤 흰색이었는데 배에는 자잘한 반점들이 별무늬처럼 수놓아져 있었다. 그녀는 가두리로 다가와 등지느러미에 가는 미역 줄기 같은 모자반을 걸치고 모자반이 빠지지 않도록 조심스럽게 몸통을 돌리면서 헤엄을 쳤다. 그걸 일부러 보여주려고 그랬는지 체체는 알 수가 없었다. 그녀도 체체도 말수가 적었기 때문에 둘은 며칠 동안 한 번도 대화를 나눠보지 못했다.

그녀의 이름이 뭐지?
쿠쿠에게 이렇게 물어보려다가 체체는 입을 다물었다. 그건 자존심이 상하는 일이기도 했다. 그녀와 쿠쿠가 얼마나 친밀한지도 알지 못하는데 말이다. 며칠 뒤에 엄마가 찾아왔을 때도 체체는 온통 그 소녀만을 생각하고 있던 터라 엄마를 그 소녀로 착각하고 말았다. 지나치게 용기를 낸 게 실수였다.

이름이 뭐니?

엄마의 눈이 휘둥그레졌다. 엄마는 안쓰러운 목소리로 말했다.

체체야, 나는 엄마야.

가두리 안으로 엄마가 넣어주는 물고기를 받아먹다가 체체는 얼굴이 뜨거워졌다. 그는 재빨리 가두리를 한 바퀴 돌았다.


그녀의 이름이 나리라는 것을 아는 데 많은 시간이 걸리지 않았다. 가두리에서 풀려나는 날 가장 먼저 체체를 찾아온 게 그녀였으니까. 나리, 라고 소리를 내면 입에서 소리가 춤을 추듯 너울너울 빠져나가는 것 같았다. 체체는 혼자 있을 때 나리, 나리, 나리, 하고 중얼거리는 버릇이 생겼다. 그러면 입을 빠져나갔던 소리가 다시 신기하게도 체체의 귀로 돌아오는 것 같았다.


할아버지가 돌아가시고 난 뒤 체체는 조금 더 어른스러워졌다. 돌고래들의 만남과 헤어짐에 대해 생각하는 시간이 늘어났다. 어

느 날 체체는 할머니와 할아버지가 서로 그랬듯이 자신이 나리를 마음 깊은 곳에 간직하고 있음을 깨달았다.

하지만 체체는 구애를 위해 노력하고 있다는 인상을 주는 게 싫었다. 상대방의 마음 바깥에서 상대방의 마음 안쪽으로 들어가기 위해 대부분은 도가 넘는 말과 행동을 하지, 그건 부끄러운 일이야, 체체는 그렇게 생각했다.

체체는 파도에 대해 잘 알고 있었다.

파도가 해변으로 밀려갈 때 바닷물의 깊이가 점점 낮아지면 파도의 아래쪽에서 속도가 줄어들지. 바닥에 가까울수록 속도가 더 더뎌지는 거야. 파도의 위쪽은 이보다 빠르게 해변으로 밀려가지. 이때 평평하던 물결이 허공에 몸을 세우게 되고 그 물결이 부서져 내리면서 하얀 파도를 만들어. 해수욕장의 파도가 벼랑에 부딪치는 파도보다 아름다운 포말을 더 많이 만들어내는 이유가 그거야.

체체는 나리에게 아름다운 파도가 되고 싶었다. 그건 할아버지가 체체에게 던지고 간 말들 때문이기도 했다. 할아버지는 자신의 예언에 귀를 기울일 줄 아는 돌고래가 되라고 했다.

나리를 생각하는 시간이 많아질수록 마음의 야생지대가 점점 넓어지는 것 같았다. 체체는 남방큰돌고래들이 애정을 거침없이 표현하는 것이 야생인 줄 착각하고 있다고 생각했다. 오로지 짝짓기와 성적인 쾌락을 위해서 몇몇 남자들끼리 몰려다니며 수군거리고 작당하는 게 못마땅했다. 이웃 마을의 형들이 여자를 고립시켜 강제로 괴롭히는 것도 여러 번 보았다.

체체는 자신이 가고 싶은 길과 관습 사이에서 하나를 선택해야 했다. 남자들이 여자를 선택하고, 여자를 선택한 이후에는 어떠한 책임도 지지 않는 삶은 그가 가고 싶은 길의 반대편에 있었다. 체체는 나리의 변두리에 머물고 싶었다.

변두리가 없는 중심은 없지.

체체는 나리와 사랑에 빠지면서 결론을 내렸다. 오랫동안 대공원 쇼에 동원되었던 일, 해상 가두리에서의 적응훈련, 그리고 나리라는 존재를 만난 일, 그것은 자신이 가야 할 길을 조금씩 찾아가는 과정이었다. 자신 속에 숨어 있는 그 길을.

# 6

협재 포구에 같이 가볼래?

어느 날 너는 나에게 제안했다.

내가 말했다.

포구는 새벽에 드나드는 배들로 붐벼서 시끌벅적한 곳이래.

네가 말했다.

하지만 오후에는 방파제 안쪽에 잔물결이 한 오라기도 없대.

포구가 붐비지 않는 오후, 너는 앞서 헤엄치며 내게 따라오라고
했다. 포구로 가는 해안은 잠잠하였다. 파도를 만드는 것은 너와,
너의 뒤를 따르는 나밖에 없었다. 바닷가의 산들은 완만한 경사를

이루며 바다로 발을 뻗고 있었고 해변에는 노란 유채꽃이 한창이었다. 멀리서 봐도 유채꽃은 눈이 부셨다. 햇볕을 받은 유채꽃이 저희끼리 조잘조잘 대화를 나누고 있었다.

포구에 닿자 너는 수면 위로 고개를 내밀었다. 왼쪽으로 살짝 비틀어진 너의 길쭉한 주둥이, 그리고 까무잡잡한 눈이 수면에 드러났다. 선착장에는 어선들이 모두 시동을 끄고 물 위에 둥둥 떠 있었다. 부두에는 대나무에 꿰어진 오징어들이 햇볕을 품은 채 말라가고 있었다.

맑은 물속에서 너는 나의 이빨을 자세히 들여다보고 싶어 했다. 돌고래들은 먹이를 씹거나 물어뜯는 데 이빨을 쓰지 않고 먹이를 삼키기 전에 입에 물고 있을 때 주로 사용한다. 물론 장난을 치거나 싸울 때 이빨로 상대의 몸에 상처를 낼 때도 있지만 말이다. 여자들은 짝짓기 상대를 고를 때 이빨로 판단할 때가 많다.

어쩜 이빨이 가지런하기도 하구나.

너는 나의 백여 개의 이빨을 찬찬히 들여다보았다.

내가 가두리를 빠져나온 뒤 너는 줄곧 나를 따라다녔다. 너는 내가 얼마만큼 너에게 다가가고 싶어 하는지 알고 있었기 때문이다.

내가 머뭇거리다가 말한 적이 있다.

나리, 너는 눈이 참 예쁘구나.

이 평범한 말이 매우 용기를 내어 건네는 말이라는 걸 너는 알고 있었다. 너의 눈은 밤하늘의 별빛처럼 언제나 반짝였다. 가보지 못한 산호초들의 벌판, 깊은 협곡의 고요한 파도 소리, 그리고 말하지 못해서 아름다운 것들을 모두 모아 눈망울 안에 담아둔 것처럼.

너는 나의 주변을 돌며 나직하게 말했다.

나는 혼자 있는 걸 좋아해. 나는 내가 혼자라는 걸 즐기면서 살고 싶어. 혼자 어딘가를 헤엄쳐 다니고, 혼자 뭔가를 생각하고, 혼자 먹이를 먹는 것도 좋아해. 너무 여럿이 함께 다니면 쉽게 놓치는 게 있기 때문이야.

나의 눈이 휘둥그레지는 걸 보고 네가 다시 말했다.

그리고……, 그리고 말이야.

너는 망설였다.

왜?

내 입이 이렇게 왼쪽으로 비틀어졌는데……, 넌 괜찮니?

나는 다가가 가슴지느러미를 흔들면서 너의 부드러운 몸을 쓰다듬어주었다. 아무 문제가 없어. 내가 큰 소리로 말했다.

내 눈에는 그게 보이지 않아.

그제야 너는 가슴에 품어 두었던 말들을 꺼내기 시작했다.

혼자여도 나는 혼자가 아니라는 생각이 들어. 왜냐하면 네가 있으니까. 너의 향긋한 목소리가 늘 내 옆에 있으니까. 향기가 기억하는 힘은 참 크지 않아? 내 안에 밴 너의 향기가 피어오를 때면 나는 정말 하얘지는 것 같아. 나의 일상에 네가 머무는 자리가 자꾸만 많아져서 큰일이야.

너는 당차면서도 섬세한 여자였다.

너는 나에게 말했다.

해류가 밀려오면 해류의 책갈피를 스르륵 넘기며 향기를 맡는 버릇이 있어.

네가 하는 말은 나의 마음에 하나하나 동그란 조약돌처럼 내려앉았다. 너는 겨울에 눈이 와도 눈이 내리네, 라고 하지 않았다.

눈이 오시네.

그러면서 너는 입으로 눈을 받아먹었다. 그때 너는 수면으로 떠올라 등에 눈을 잔뜩 받았다. 그러면 마치 흰 북극곰이 바다에 떠있는 것 같았다. 너는 소리에 민감한 돌고래였다. 때로 깊은 잠을 잘 자지 못했고, 작은 소리에도 쉽게 잠에서 깨곤 했다. 해변의 바위틈에서 자라는 감태를 먹으면 감태의 수면제 성분 덕분에 그나마 조금 눈을 붙일 수 있었다. 수면이 부족한 탓에 너는 조금씩 야위어갔다.

너는 남들이 거들떠보지 않는 작은 물고기들의 이름을 누구보다 잘 기억했다.

얘는 벤자리, 얘는 자리돔…….

어떻게 그 작은 것들을 기억하니?

우리가 그들의 이름을 기억하고 불러줘야 그들도 우리를 잊지 않는다고 생각해.

너는 모래 바닥에 떼 지어 몰려다니는 물고기들을 가리켰다.

얘는 어랭이, 얘는 모살치……. 지금 바위틈에서 나오는 쟤는 볼락이야.

신기한 일이었다. 네가 하나하나 불러주는 이름들이 내 머릿속에서 별처럼 반짝였다.


너는 친구들과 어울리지 못하는 체체를 해상 가두리에서부터 유심히 지켜보고 있었다. 그는 말하는 걸 두려워하는 것 같았다. 몇 번이나 기회가 있었음에도 심지어 너의 이름도 물어보지 않았다. 너는 그가 말하지 못할 어떤 결점 때문에 쉽게 자신을 표현하지 못하는 게 아닐까 하고 의심했다. 내 이름은 나리야, 라고 네가 처음 말했을 때에도 그는 너의 눈만 뚫어지게 바라보았다. 체체야, 안녕? 하고 인사를 하면 그는 잠깐 웃음을 짓는 것으로 답을 보내왔다.

포구로 가는 날이 많아질수록 너의 의심은 조금씩 신뢰로 바뀌어갔다. 체체는 남들과 다른 남자였다. 그는 함부로 말을 내뱉고 사납게 행동하는 돌고래가 아니었다. 너는 네가 이끄는 대로 체체가 따라오는 일 말고 자신에게 더 즐거운 일이 없다는 걸 알고 있었다. 누군가 그의 소극적인 태도를 비웃는다면 너는 이렇게 말해줄 생각이었다.

그가 변하고 있다는 걸 나는 알아. 그는 내게 온 햇볕이야.

햇볕이 어느 날 말했다.

남들이 보면 우리가 어울려 다니는 모습이 사소한 데이트처럼 보일 거야. 하지만 나는 하나의 세계가 또 하나의 세계를 따라다니는 일이라고 생각해.

이 말을 듣고 너는 큰소리로 웃어버릴까 하다가 참았다. 나리야, 나는 너를 너무 사랑해, 그동안 남자들에게 그런 상투적인 고백을 얼마나 많이 들어왔던가. 상투적인 말은 나에 대해 많이 고민하지 않았다는 증거야, 라고 너는 속으로 생각했다. 사랑한다는 말을 수천 번 한다고 해도 진심이 없으면 그건 해변으로 밀려가는 거품일 뿐이니까. 그날은 너를 만난 이후 체체가 가장 길게 입을 연 날이었다.

나는 우리가 몇 번이나 포구에 갔는지는 그다지 중요하지 않다고 생각해. 너를 만나서 거기를 자주 갔다는 사실을 떠올릴수록 나는 나 자신이 대견하다는 생각이 들어. 나는 아무것도 아니었지만 너로 인해 나는 그 무엇이 된 것 같거든. 어느 날부터 내게는 힘든 일이 없어졌어. 나는 무슨 일이든 할 수 있을 것 같고, 어떤 일이 생겨도 무너지지 않을 자신이 생겼어. 모두 너, 나리 때문이야.

너는 너의 몸을 어루만지는 햇볕을 받아들였다. 햇볕이 닿을 때마다 너의 몸은 경련을 일으켰다. 네가 파르르 떠는 그 순간, 너의 눈은 등대처럼 반짝이며 푸른빛을 그에게 보냈다.

내가 파래지는 것 같아.

너의 말을 듣던 그도 바다처럼 파랗게 물드는 게 보였다.

5년 전이었다. 너는 제주 바다에서 그물에 걸렸다. 체체가 그랬던 것처럼. 사람들은 제주의 수족관에 갇혀 있던 너를 서울대공원의 바다사자 두 마리와 맞바꾸었다. 너는 사람들에 의해 거래가 된 것이다. 너 역시 친구들과 함께 공연을 위한 훈련을 받았고, 죽은 물고기를 먹었고, 사람들의 환호 속에서 매일 쇼에 나가야 했다.

그동안 너는 스스로 판단하고 결정할 수 있는 일이 하나도 없었다. 그사이 비좁은 숙소에 적응하지 못해 폐렴으로 목숨을 잃은 친구도 있었고, 탈수증으로 체중이 줄어 수족관에서 1년을 버티지 못한 친구도 있었고, 다른 돌고래들의 폭행으로 턱이 부러지고 뼈가 부러진 친구도 있었다. 그리고 나을 수 없는 피부병 때문에 참을 수 없는 가려움에 고생하는 친구도 있다. 너는 불면증을 얻었다. 사람들은 너의 몸을 끊임없이 검사하고 치료했지만 너를 낫게 해줄 바다는 너와 멀리 떨어져 있었다.

40년을 살기는커녕 여기서는 앞으로 10년도 더 못 살 거야.

난 1년을 보낸 것도 지겨워.

아니, 하루하루 죽기 위해 사는 거지.

밤마다 너와 네 친구 남방큰돌고래들은 신세를 한탄했다.

너는 그때 입이 비뚤어졌다. 과한 외부의 충격을 받은 것도 아닌데 어느 날부터 너의 주둥이는 왼쪽으로 틀어져 버렸다. 외모의 차이는 차별을 불러왔다. 먹이는 줄어들었고 공연장에서의 인기는 하락했다. 나는 변한 게 없는데 사람들은 나를 왜 다르게 대할까, 너는 억울했다. 너를 잡아 가두고 공연에 내보낸 업체의 대표가 법적인 처벌을 받지 않았다면, 아직도 너는 서울의 공연장에서 쇼를 하고 있을 것이었다.

그 밤을 너는 잊지 못한다.

공연장 바깥에 서 있던 목련이 공연장 안쪽으로 꽃잎을 떨어뜨리던 밤이었다. 너와 함께 서울로 끌려온 언니가 숨을 거둔 밤이기도 했다. 목련이 투구 같은 꽃봉오리를 세울 때쯤 언니에게 폐렴이 찾아왔고 목련꽃이 다 지기도 전에 언니가 숨졌다. 언니는 스물한 살, 제주 바다에서 헤엄치고 있을 아이들을 매일 밤 떠올리다 잠이 들던.

너는 언니의 곁을 떠날 수 없었다. 언니의 몸, 스물한 살의 몸은 죽은 지 몇 시간 만에 퉁퉁 부어올랐다. 하얀 아랫배는 금방이라도 터질 듯이 팽팽하게 부풀어 올랐고 꼬리는 물을 내리치기 싫다는 듯이 축 늘어져 있었다. 공연장 주변의 불빛이 스물한 살의 가슴지느러미 안쪽으로 스며들자 거기에 푸른곰팡이가 바위틈의 해초처럼 자라는 게 보였다. 채찍이 지나간 듯한 옆구리에는 불규칙하게 엉킨 직선들이 몸의 뒤쪽으로 빠져나가고 있었다. 언니는 도톰한

입술로 내 콧등을 문지르는 걸 좋아했지, 너는 입술을 언니의 콧등에 갖다 대고 비볐다. 스물한 살의 몸은 서서히 허연 구름처럼 부드러워지고 있었다. 너는 모든 움직임이 멈춰버린 스물한 살의 뱃속을 생각했다. 어느 날 밤 너의 귀에 들려오던 심장 소리, 아이들을 품고 키우던 자궁……

배 속을 가득 채운 것은 아직 내뱉지 못한 공기일까, 언니에게는 아직 더 들이마시고 싶은 공기가 있었을 텐데……. 너는 스물한 살 언니의 숨구멍을 유심히 바라보았다. 숨구멍은 움푹 팬 구멍처럼 어둡고 지저분했다. 그 숨구멍은 이제 숨을 내뱉는 게 아니라 시체의 냄새를 스멀스멀 피워 올리기 시작했다.

사람들은 네가 아기를 가졌다는 걸 모르는 눈치였다. 서울의 공연장에서 풀려나 제주로 실려 오는 내내 배가 싸륵싸륵 아팠다. 아기가 배 속에서 주둥이로 너를 들이받는 게 느껴졌다. 아기가 예정된 날짜보다 빨리 밖으로 나오고 싶어 하는 걸까, 너는 이를 악물었다.

아기를 낳으면 내가 키워줄게.

죽은 언니가 말했었다. 언니는 누구의 아이를 가졌느냐고 묻지 않았다. 너는 그게 고마웠다.

너는 언니에게 말했다.

배 속의 아기가 누구의 아기인지 아는 건 중요하지 않아. 내가 가진 아기니까, 내 속의 아기니까 나의 아기일 뿐이야.

언니는 고개를 끄덕였다.

너는 몇몇의 남자들에게 둘러싸여 견디기 힘들었던 고통스러운 시간을 기억하고 있었다. 세상에 오로지 혼자만 남았다는 공포감, 하복부로 밀려오던 불쾌한 무게감, 이대로 죽고 싶다는 우울한 생각밖에 들지 않던 시간들……. 그 시간들을 너는 아기가 들어선 걸 안 순간 모두 지워버렸다.

네 아기를 등에 업어주고 싶어.

그렇게 말하던 언니는 목련이 뚝뚝 떨어지던 봄날, 죽고 말았다.

제주 바다로 돌아와 가두리로 옮겨진 직후, 너는 아기를 낳았다. 하지만 유산이었다. 아기는 배 속에서 1년을 기다리지 못하고 7개월 만에 밖으로 나온 것이다. 너는 자그마한 아기의 몸을 입으로 비볐다. 너무 일찍 세상으로 나온 아기는 태어나서 숨 한 번 제대로 쉬지 못하고 싸늘하게 식어갔다.

　고래류는 임신을 해도 외형의 변화가 크지 않아 육안으로는 임신 여부를 확인하기가 어렵습니다. 심리적 안정을 위해 사람의 접근을 최소화하다 보니 뒤늦게 발견이 된 거지요.

　연구원은 아기의 죽음을 '폐사(斃死)'라고 발표했다. 쓰러져 죽었다는 것이다. 너는 고개를 흔들었다.


　너는 체체에게 이렇게 말했다.

　아기는 유산된 거야.

　체체는 주둥이로 너의 배를 쓰다듬었다.

　너는 부끄러운 듯 몸을 한 바퀴 비틀었다. 그리고 단호하게 말했다.

　고귀함을 모르는 자들은 사랑도 슬픔도 모르지.

　너는 눈물을 뚝뚝 흘리며 체체를 바라보았다. 이럴 때 어떤 말로 너를 위로해줘야 하나, 섣부른 위로는 상처를 키울 수도 있지, 우리가 사랑한다는 것은 서로의 상처까지도 흠집까지도 사랑하는 거야, 나는 이 소중한 아이에게 든든한 남자가 되어야 해, 하고 체체는 생각했다.

고요한 물결이 둘을 감쌌다. 너는 체체의 눈에서 강렬한 빛이 뿜어져 나오는 것을 보았다. 그 빛은 푸르스름했고, 그것은 그가 말하고 싶은 그의 언어였다. 그 빛이 너에게 닿자 너는 감전된 것처럼 아찔해졌다.

# 7

오늘 헤엄을 치는 돌고래는 모두 열두 마리였다. 이들은 가장 빠르게 속도를 낼 줄 아는 무리였다. 체체는 남방큰돌고래 떼의 선두에 섰다. 그는 꼬리지느러미를 한 번 강하게 내리쳤다. 출발신호였다. 돌고래들이 일제히 물살을 가르기 시작했다. 등지느러미는 대열에서 이탈하지 않도록 곧추서 있었다. 체체는 물결과 바람의 방향에 어긋나지 않도록 대열을 이끌었다. 몸이 물속에 잠기는가 싶더니 어느 틈에 수면 위로 등이 드러났다. 가속의 힘이 돌고래들의 항진을 부추기고 있었다. 속도가 에너지였다. 속도는 돌고래들에게 에너지를 공급했다. 돌고래들은 바다를 뚫었다. 돌고래들이 빠

르게 지나간 자리마다 바다에는 구멍이 뚫렸다. 뒤따르는 돌고래
가 그 구멍을 재빨리 메우면서 앞으로 나아갔다. 몸의 근육이 민첩
하게 수영을 도왔다. 근육들이 꿈틀거릴 때마다 파도가 일었다. 육
체와 정신이 하나가 되어 어떤 쾌감을 만들고 있었다. 물 위로 떠
오를 때는 일제히 숨을 뱉어냈다. 그러면 신선한 산소가 금세 몸속
을 채웠다. 날렵한 수영은 바다를 미끄러지며 현재를 잊게 만들었
다. 낙관적인 전망이 돌고래들을 나아가게 했다. 이렇게 헤엄을 칠
때 돌고래는 비로소 돌고래다. 돌고래는 헤엄을 칠 때 진보하며 오
늘을 극복한다. 물을 박차고 나가자고 체체가 소리쳤다. 그러자 가
속력은 더 높아졌다. 끊어진 것을 다시 잇고, 이어진 것을 다시 끊
으며 남방큰돌고래 무리는 바다와 하나가 되었다.

다음 날 체체는 다시 나리를 만났다. 체체는 길고 푸른 모자반 한 줄기를 입에 물고 갔다. 나리는 모자반을 받아 몸에 둘렀다.

내 몸에 감겨 있는 아름다운 이 초록을 잊지 말아줘.

나리가 말했다.

내가 떠난다고 해도 멀리까지 가지는 않을 거야.

체체가 말했다.

언제라도 네가 내게 와서 오래도록 머물렀으면 하는 마음도 없지 않아. 하지만 네가 떠나야 한다는 걸 나는 알고 있어. 너를 만나면서 나는 자유로워졌어. 네가 나한테 자유를 가져다준 만큼 너도 자유로워야 해.

나리는 남자들이 몰려다니면서 집단으로 여자를 유린하는 돌고래 사회의 나쁜 습성에 대해 이야기했다. 여자 하나를 사이에 두고 함부로 하얀 배를 보이거나 뒹굴거나 심지어 싸움까지 하는 남자들에게 분노를 느낀다고 말했다.

어릴 때였어. 나는 엄마와 함께 잠잠한 바다를 헤엄치던 중이었어. 갑자기 젊은 청년들이 우리를 가로막았던 적이 있어. 청년들은 꼬리지느러미로 엄마를 마구 때리면서 거칠게 위협했지. 어디를 같이 가자고 했던 것 같아. 막무가내였지. 그리고 엄마 옆에서 나를 떼어내 끌고 갔어.

체체는 어린 시절의 기억을 떠올리며 얼굴을 찡그렸다.

청년들은 나를 물밑으로 밀어 넣었다가 다시 물 밖으로 던지는 행동을 반복하면서 괴롭혔어. 정말 죽을 것 같았어. 그걸 본 엄마는 내가 있는 쪽으로 헤엄치려고 필사적으로 몸부림을 쳤지. 그러다 이내 청년들에게 둘러싸이고 말았어. 그때 할머니가 달려오지 않았으면…… 나는 지금 여기 없을지도 몰라.

나리가 눈을 크게 뜨면서 말했다.

누군가가 아플 것을 알면서도 괴롭히는 건 끔찍한 짓이야.

그 말을 할 때 그녀는 분노를 숨기지 않았다. 체체는 그녀가 이를 부드득 가는 소리를 들었다. 그러다가 그녀는 다시 부드러운 얼굴로 돌아와 말했다.

우리가 하나가 되는 순간의 의미도 중요해. 하지만 더 중요한 건 너와 나의 차이를 인정하고 섬세하게 알아주는 것, 그게 사랑이 아닐까?

그렇지.

그래야 우리가 떨어져 있어도 매일 처음 만나는 것처럼, 매일 처음 사랑을 나누는 것처럼 행복할 것 같아.

나리가 하는 말을 체체의 귀에 차곡차곡 담아주는 건 파도였다.

우리 계약서를 쓸래?

계약서?

체체가 깜짝 놀라는 표정을 짓자, 나리가 웃었다.

내가 바라는 것은 거창한 게 아니야. 서로에게 자기만의 시간과 장소를 갖도록 해준다는 약속을 하는 거야. 몸이 가깝다고 해서 친밀한 건 아니야. 몸이 멀어지면 마음도 멀어진다는 말은 옛날 말이지.

체체는 기꺼이 동의했다. 그녀는 자신의 삶에 드리워진 검은 장막을 걷어낼 줄 아는 돌고래였다.

체체가 말했다.

나는 네가 아주 사소한 것을 사소하게 여기지 않아서 좋아.

나리는 체체의 눈망울 속에 비치는 자신의 속눈썹을 들여다보았다. 마치 자기 몸을 처음 본 돌고래처럼.

수직의 협곡이 내려다보이는 산꼭대기에서 나리는 물결에 몸을 맡기고 있었다. 협곡을 오가는 작은 물고기 떼들은 평화로워 보였다. 그녀는 나는 이제 혼자가 아니야, 라고 생각했다. 그녀로서도 할 말이 없는 건 아니었다. 따스하고 낯설고 서툴렀던 포구의 방파제 안쪽에서의 시간에 대해, 가끔은 갈피를 못 잡고 헷갈리는 심사에 대해, 그녀 마음의 현주소에 대해, 우리 언제 다시 만나나, 묻고 싶은 마음과 그를 많이 보고 싶은 마음과 둘 사이의 거리와 시간에 대해, 그녀는 말하지 못했다.

나리는 다른 세계로 가기 위해 협곡을 빠져나가는 체체를 지켜보았다. 그는 미끈한 몸을 흔들며 점점 멀어지고 있었다.

나를 잊지는 않을 거야. 그는 먼바다에서 서로를 쫓고, 머리를 부딪치고, 긁어대고, 때로는 떠다니는 통나무처럼 평영 자세로 누워 한가한 시간을 보내겠지. 그가 자유로우면 돼.

# 8

밤이 왔다.

체체는 잠잘 곳을 이리저리 찾아다니다가 수면 위로 몸을 움직였다. 가까운 곳에 수십 척의 한치잡이 배들이 대낮처럼 환하게 전등을 켜 놓고 고기잡이를 하고 있었다. 눈이 부셨다. 뱃머리부터 배의 꽁무니까지 무슨 장식처럼 가지런히 전등을 매달고 있었다. 불빛은 한치들을 유인하기 위한 것이었다. 한치는 밤을 좋아한다. 어두운 바다에서 갑자기 환한 빛이 보이면 한치들은 자기도 모르게 그 빛을 향해 모여든다. 그들은 빛을 향해 무의식적으로 이동을 하는 것이다.

광명을 찾아왔다가 죽음을 맞는군.

체체는 혼잣말로 중얼거렸다. 그는 모래사장에 내리쬐는 햇볕을 받아보려고 무리하게 해변으로 간 적이 있었다. 빛나는 게 모두 좋은 것은 아니지, 하고 체체는 생각했다.

밤바다는 한치잡이 배들의 불빛만 없었다면 적막으로 가득 채운 호수 같았을 것이다. 배들은 수십 미터의 낚싯줄을 아래로 늘어뜨려 바늘이 여러 개 달린 가짜 미끼로 한치 떼를 유인하고 있었다. 선장과 선원은 왼손으로 줄이 감긴 나무 자새를 잡고 오른손으로 줄을 잡아 계속해서 위아래로 까딱까딱 흔들었다. 한치가 미끼를 물면 손으로 느낌이 왔다. 그때 재빨리 줄을 잡아 배 안으로 끌어 올리는 요령이 필요했다. 체체는 낚싯줄에 걸리지 않게 조심스럽게 작은 배 주변으로 움직였다.

나이 든 선장은 눈이 크고 얼굴이 가무잡잡한 선원에게 잔소리를 늘어놓기 시작했다. 그렇게 손놀림이 느려서 어디에 써먹냐, 돈을 벌 생각을 해야지, 돈이 최고라는 걸 알아서 너도 돈 벌러 온 것이 아니냐, 네가 굼뜬 손으로 일하고 있으면 두고 온 너희 식구들이 다 굶어 죽는다, 내 손 좀 봐라, 이 손으로 평생 우리 식구들 다 먹여 살렸다, 우리 아들이 변호사로 일하고 있다고 몇 번이나 내가 말한 적 있잖아, 로펌이란 거 아냐, 거기가 돈 끌어 모으는 곳이라더라, 잘 나가는 변호사들은 한 건만 잘 건져도 수십억이라더라, 우리가 한치를 얼마나 잡아야 그 돈을 벌 수 있을지 계산이 안 된다, 그래도 여름에는 한치로 돈 좀 만져야지, 한치가 쌀밥이라면 오징어는 보리밥이고, 한치가 인절미라면 오징어는 개떡이라는 말이 있어, 한치가 오징어보다 한 급수 위라는 거지, 너는 합판공장 일 때려치우고 여기 잘 왔다, 여기 일이 뭐가 힘드냐, 이거 다 건지고 나서 라면 끓여 먹자, 한치 두어 마리 넣으면 죽일 거다. 동남아쪽에서 일하러 온 것처럼 보이는 젊은 선원에게 선장은 쉰 목소리로 끝도 없이 말했다.

두어 시간이 지났을까.

체체는 한치잡이를 끝내고 항구로 돌아가던 배가 안개 속에서 암초에 부딪혀 오도 가도 못 하는 걸 발견했다. 안개는 배를 온통 감싸면서 바다와 수면의 경계를 무너뜨리고 있었다. 암초에 걸려 배는 한쪽으로 기울고 있었고 기관실로 물이 들어오자 선장은 허둥댔다. 그는 선원에게 소리쳤다.

구조선은?

아직 연락이 없어요.

갑작스러운 안개 때문에 구조선의 접근이 어려운 상황이었다.

한 시간만 일찍 끝냈어야죠.

선원이 볼멘소리로 말했다.

뭐라고?

선장은 기가 막힌다는 표정이었다.

저는 여기서 죽으면 안 돼요.

나는 죽고 싶어서 이러고 있냐?

선장이 툴툴거렸다.

선장님?

응?

기관실의 물을 양동이로 퍼내던 선원이 말했다

한치를 버리는 수밖에 없겠어요.

너 제정신이야? 이게 한 마리에 얼마인지 알기나 해?

살아야 하잖아요.

그들이 실랑이하는 사이에도 배는 점점 기울고 있었다. 선장은
더는 어떻게 해볼 도리가 없다는 걸 깨달았다는 듯이 잡은 고기를
보관하는 어창을 열었다.

살다 보니 돈을 바다에 버리기도 하네.

배가 좌초된 것은 선장의 과욕 때문이었다. 한치를 담는 어창을
규정보다 지나치게 크게 설치하여, 바닷물을 가득 담은 탓이었다.
결국 선장은 어창을 비우기로 마음먹었다. 양동이로 바닷물과 한

치를 퍼내면서 그가 말했다.

　돈을 퍼내네, 돈을.

　그 덕분에 체체는 힘들이지 않고 돈을 받아먹을 수 있었다.

　체체는 생각했다.

　가진 것을 내려놓으면 언제든 떠날 수 있는데……. 어디로든 떠날 수 있는데……. 적당하게 먹으면 몸이 가벼워지지. 가벼우면 깊은 한숨을 내쉬다가도 누군가의 등을 밀어 올려줄 수 있을 텐데.

# 9

범고래는 아치형 동굴 입구에서 잠시 쉬어가기로 하였다. 망토를 두른 듯 등이 검은 그는 바다의 최상위 포식자였지만 비좁은 동굴 속은 잘 알지 못했다.

배가 고프네.

범고래가 푸념을 내뱉었다. 백상아리에 맞설 수 있는 유일한 바다 동물로서는 민망한 푸념이었다. 남하하면서 물개나 바다사자는 구경도 해보지 못했다. 며칠 동안 상어는커녕 자잘한 자리돔 떼도 나타나지 않았다. 범고래의 몸은 7미터가 넘었고 몸무게는 6톤에 달했다. 게다가 백상아리보다 두꺼운 몸의 지방질, 강인한 뼈와 육중한 체형은 상어와 대형 고래들을 압도하기에 충분했다.

여기 바다는 기분을 누그러뜨리지만 먹을 게 부족해.

그는 봄에도 눈이 녹지 않는다는 제주의 한라산 정상을 보기 위해 서남쪽으로 오래도록 헤엄쳤다. 홋카이도를 지나 독도와 울릉도를 거쳐 대한해협을 통과했다. 까만 등과 뚜렷이 대조를 이루는 하얀 가슴과 배, 그리고 눈 주위의 타원형 흰 무늬가 물속을 가를 때마다 물고기들은 가슴이 덜컥 내려앉았다. 굶주린 바다의 늑대는 서두르지 않았다. 그는 유선형 몸체로 최고 시속 60킬로미터의 속도로 달려왔다. 고향에서는 해변의 바다사자들을 머리로 들이받거나 꼬리로 내리쳐 제압하기도 하고, 무리를 지어 향유고래를 공격해본 적도 있었다. 물이 얕은 해변에서도 해저의 절벽에서도 두려운 게 없었고 그리하여 그는 위대한 범고래가 되었다. 이번 여행을 계획하지 않았다면 그도 그저 평범한 범고래의 한 마리로 사냥에 몰두하면서 살았을 것이다.

미래는 내 앞에 고정되어 있는 게 아니지. 내가 몸을 움직여 조금씩 만들어가는 게 미래야. 여행은 미래를 만드는 일이지.

범고래는 한곳에 오래 머물러 있으면 시간의 버림을 받는다고 생각했다.

미래를 만드는 자는 시간 속으로 헤엄치는 자야.

그래서 그는 헤엄치는 매 순간이 미래의 끝에 닿는 일이라는 걸 깨닫게 되었다. 범고래는 여행의 목적지인 제주도를 머릿속으로 그려보았다. 한겨울 제주의 숲은 사람의 허리까지 눈이 차오르고 때로는 소나무 가지가 꺾이는 소리가 메아리가 되어 골짜기를 후려친다고, 그러면 나뭇가지에 쌓여 있던 눈들이 부르르 떨며 땅으로 떨어져 내리고, 눈을 덮어쓰고 잠들었던 새들이 계곡으로 물을 마시러 날아간다고, 무엇보다 제주의 한라산은 범고래를 닮았다고, 눈을 뒤집어쓴 하얀 봉우리와 검은 숲이 바다 위에서 보면 거대한 범고래가 헤엄치는 것 같다고, 수십 년 전부터 이런 이야기를 들으며 그는 성장했다.

제주를 상상하는 동안 범고래의 머리에서 슬그머니 허기가 사라졌다. 그때 동굴 안에서 어떤 작은 돌고래가 말을 걸었다.

안녕?

남방큰돌고래였다. 그는 겁이 없어 보였다.

내 이름은 체체야. 넌 어디로 가니?

눈과 가슴지느러미 사이에 검은 띠가 선명한 범고래가 퉁명스럽게 말했다.

제주.

제주라고? 여긴 제주 남쪽 마라도라는 작은 섬 근처야.

체체는 이 낯선 돌고래에게 제주 바다의 아름다움에 대해서 자랑할 준비가 되어 있었다. 제주의 지형과 작은 포구들, 물고기 떼가 잘 모이는 곳, 산호초가 예쁘게 자라는 곳, 조류의 흐름, 한라산의 사계절에 대해 질문한다면 체체는 누구보다 자세하게 가르쳐 줄 수 있었다.

체체가 호기심에 눈을 반짝이며 입을 열려고 하자 범고래가 말했다.

그래? 그럼 내가 제주를 옆으로 지나쳤나 보네. 하기야 내가 워낙 빠르니까.

범고래는 주둥이를 휘두르며 으쓱댔다.

나는 올커스라고 해.

아, 올커스……. 근데 넌 덩치는 큰데 순하게 생겼네.

그렇게 마음을 놓은 게 잘못이었다. 범고래 올커스가 갑자기 험악한 표정을 지으며 체체를 향해 돌진했다. 체체는 깜짝 놀라 본능적으로 지느러미를 비틀어 몸을 피했다. 범고래는 몸집이 큰 만큼 회전 반경도 컸다.

체체는 그때서야 서울대공원에 있을 때 사육사에게서 들은 말이 생각났다. 관객들에게 쇼를 보여주는 돌고래 중에는 범고래란

종류도 있다고. 범고래는 지능이 높고 몰려다니면서 사냥하기에 자기들보다 훨씬 덩치가 큰 대왕고래나 향유고래도 공격하여 익사시킨다고 했다. 때로는 상어를 수면 근처로 몰아붙여 꼬리로 내려치는 기습 전술도 사용한다고 했다. 그들은 상어의 몸을 뒤집어 익사시키는 능력의 소유자였다. 바다사자나 물개를 사냥하여 공처럼 갖고 놀기도 한다고 했다.

이 녀석, 올커스가 바로 그런 범고래구나.

체체는 수면 위로 점프를 하며 빠르게 헤엄쳤다. 이렇게 하면 물의 저항을 덜 받아 더 빨리 도망칠 수 있다. 체체가 물 위로 뛰어오를 때마다 물보라가 무수한 물방울을 만들어냈다. 올커스도 빨랐다. 커다란 꼬리지느러미의 추진력은 실로 놀라웠다. 올커스는 순식간에 체체의 꽁무니에 따라붙었다.

체체가 다급하게 방향을 바꾸는 순간 올커스의 주둥이가 체체의 몸을 살짝 스치며 지나갔다. 체체가 방향을 돌려 달아나려는 찰나, 올커스 쪽에서 쿵, 하는 소리가 들렸다. 체체는 직감적으로 올커스가 무엇을 들이박은 것을 알아챘다. 올커스의 추격이 잠잠해졌다. 체체는 잔뜩 긴장하며 올커스 쪽으로 조심스럽게 헤엄쳐 다가갔다.

거기엔 범고래 올커스보다 덩치가 큰 한 녀석이 충격을 받은 듯

비실비실 헤엄을 치고 있었다. 그건 놀랍게도 백상아리였다. 범고래 올커스가 남방큰돌고래 체체를 쫓아다니며 장난치는 동안 근처에 있던 백상아리를 발견한 것이었다. 올커스는 나아가는 속도를 어찌지 못해 이마로 백상아리를 들이받았고, 그 충격으로 백상아리는 혼이 빠진 것처럼 비틀거리다가 시야에서 사라졌다.

범고래 올커스가 이야기를 시작했다.

나는 올해 서른 살이 되었어. 범고래는 아흔 살까지 산다고 하지. 사람들은 십 대와 이십 대가 방랑의 시절이라고 하잖아. 나도 그랬던 것 같아. 내 고향은 사할린 앞바다야.

몇 년 전에 내 여자 친구가 인간들이 쳐 놓은 그물에 걸렸어. 그녀는 내 눈앞에서 잡혀갔지. 자기를 구해 달라고 간절하게 신호를 보내던 그녀의 목소리가 아직도 귀에 생생해. 배가 유난히 하얗고 눈 위의 하얀 점이 공처럼 동그란 범고래였는데…….

그날 할머니가 호되게 야단을 쳤어. 아무리 정신없이 놀았더라도 어떻게 혼자 돌아올 수 있냐고, 책임감도 의리도 없는 녀석이라고. 우리 가족과 이웃 모두가 나를 비난했지. 머저리 같은 녀석이라고. 나는 견딜 수 없었어. 그래서 고향을 떠났어. 방랑하는 범고래가 되겠다고 마음먹은 거지.

쿠릴 열도를 지나 캄차카 연안 부근에서 오래 머물렀어. 나는 거칠고 차가운 바다에서 태어났지만, 바다는 어딜 가나 매한가지라는 생각이 들어. 폭풍이 몰려와 며칠 동안 사냥을 못하게 되면 정신은 오히려 더 맑아졌지. 북극에 가까우면 별이 더 많고 밝다는 걸 너는 아니? 맑은 밤이면 이마 위에 곧바로 쏟아질 것처럼 별들이 빛나지. 밤마다 별을 올려다보는 재미로 거의 십 년을 보냈을 거야.

범고래가 어떤 의도로 그렇게 말하고 행동하는지 몰라도 사실 그는 모든 게 거칠었다. 남방큰돌고래의 사회에서는 결코 내뱉기 힘든 말들을 그는 주저하지 않고 쏟아냈다.

세상이 지루한 것은 혁명이 일어나지 않았기 때문이야. 불합리한 것, 나쁜 것들은 해일처럼 뒤집어 버려야 해.

그러면서 범고래 올커스는 머리를 꼿꼿이 수직으로 세우고 수면 위로 뛰어올랐다. 그가 물속으로 뛰어내릴 때면 그 소리가 얼마나 크게 들리는지 근방의 게와 조개와 새우들이 난파선의 나무 조각처럼 갈피를 잡지 못했다.

저렇게 거친 범고래에게 혹시 자유의 근원이 깃들어 있는 것은 아닐까.

체체는 차츰 범고래에게 빠져들었다.

올커스가 말했다.

커다란 것은 작은 것들에게 겸손해야 해. 더 많이 먹고, 더 많은 공기를 들이켜는 걸 당연하다고 여기면 안 된다고 생각해. 우리 범고래에게는 그게 일상이지만 작은 것들에겐 착취이거나 폭력일 수도 있어.

체체가 말했다.

너에게는 야생이 보여……. 내 추측이 맞을까?

올커스가 대답했다.

눈에 보이는 게 거칠다고 해서 모두 야생을 품고 있는 것은 아니야. 어쩌면 네가 찾는 마음의 야생지대가 눈에는 보이지 않는 것일지도 몰라.

체체는 공중으로 뛰어올랐다. 그건 올커스에게 보내는 느낌표와 같은 감탄 부호였다.

체체는 범고래 올커스와 자신이 연결되어 있다고 느꼈다.

모든 것은 연결되어 있어. 돌고래가 헤엄치면 그가 헤엄친다는 것을 금방 알아차리고 세계는 거기에 반응하지. 자리돔 떼는 작은 몸들을 더 단단하게 뭉쳐 달처럼 둥글어지고, 털게는 위로 치켜들었던 집게를 슬며시 내려놓잖아. 돌고래가 헤엄치면 바닷물은 긴장했던 근육을 살짝 풀어 돌고래의 통로를 준비하고, 햇빛은 한 뼘이라도 더 물속 깊은 곳을 비추려고 하고, 뿔뿔이 흩어져 있던 물방울들이 빠르게 돌고래 주위로 몰려오지.


체체와 올커스는 지는 해를 바라보며 마라도 근처를 천천히 헤엄쳐 다녔다. 체체는 어떤 성스러운 것이 그들을 감싸고 있다고 생각했다.

성스러운 것은 교회나 사원에 있지 않아. 그건 우리가 만날 수 없는 먼 과거에 있는 것도 아니고 하늘에 있는 것도 아니야. 범고래든 남방큰돌고래든 돌고래들의 입으로는 매일 성스러운 것들이 들어온다고 생각해. 생존하기 위해 무언가를 먹는 행위는 속된 것이 아니야. 올커스의 반짝이는 눈빛, 수면에 일렁이는 물무늬, 몸에 발라지는 노을의 두께와 은은함, 잠결에 들리는 고요한 파도 소리……. 이런 것들이 모두 우리가 기억해야 할 소중한 것들이야.

나는 돌고래 가까이에 성스러운 것들이 있다고 믿어.

올커스를 떠나보내고 체체는 남쪽으로 더 헤엄쳐 나갔다. 바닷물은 점점 따뜻해졌다. 제주 범섬의 산호초 군락보다 수십 배나 큰 산호초 지대도 보았다. 고등어 떼를 만나 숨도 쉬지 못할 만큼 배를 채우기도 했다.

# 10

잠수함은 물 위로 부상했다가 몇 차례 숨을 들이마셨다. 바다에
는 아무 일도 일어나지 않았고 자신의 영역은 무사했다. 수백 킬로
미터 떨어져 있는 항공모함과의 교신도 원활했다. 항공모함 승조
원들은 오늘 저녁 바비큐 파티를 연다고 자랑했다. 잠수함은 입맛
을 다셨다. 하지만 그들은 바닷속에서 헤엄을 치지는 못하지, 하면
서 잠수함은 자신을 위로했다.

그는 지느러미 없이도 해저 700미터에서 헤엄을 칠 수 있는 유
일한 존재가 아니던가. 그는 한 번 잠수하면 몇 주를 물속에서 버
틸 수 있는 능력이 있다. 물론 수면에서 가끔 공기를 들이마셔야

하지만 말이다. 바닷속에 머물거나 떠오르기 위해서 부력과 중력을 적절히 조절해야 하는 일이 성가시기는 했다. 가라앉을 때는 탱크 속에 바닷물을 채워야 하고 물 위로 부상할 때는 바닷물을 빼내야 했으니까.

잠수함은 급유 저장고에 남은 기름을 체크했다. 아직 5일은 더 항해할 수 있는 양이었다. 전체 길이 65미터, 폭 7미터, 배수톤수 1800톤, 매일 아침 거르지 않는 신체검사도 이상이 없었다. 모든 게 흡족했다. 수중에서 높은 수압을 견디며 수면에 떠오르지 않고도 미사일을 발사할 줄 알게 되면서부터 그는 두려운 게 없었다.

그는 뚜껑이 닫혔는지 확인하고 바닷속으로 스르르 몸을 가라앉히기 시작했다. 부력 조정용 탱크가 바닷물을 빨아들였다. 잠수함은 수심 50미터쯤 내려가서 하강을 멈추었다. 최대한 은밀하게 몸을 낮추어 적의 동태를 살피는 일만 남았다.

오후 내내 레이더에 감지되는 이상 징후는 하나도 없었다. 레이더의 전자파는 조류의 거대한 움직임만을 간간이 알려줄 뿐이었다. 그때 북동쪽에서 차가운 조류를 타고 헤엄쳐오는 돌고래 한 마리가 보였다. 돌고래는 나비처럼 몸을 흔들며 춤추듯 헤엄치고 있었다. 자세히 보니 눈과 가슴지느러미 사이에 검은 띠를 두른 남방큰돌고래였다.

안녕?

잠수함이 말했다.

체체는 거대하고 시커먼 벽이 말을 하고 있다고 생각했다. 체체는 빠르게 잠수함 주위를 한 바퀴 돌았다. 자로 재보지는 않았지만 길이가 체체의 작은 몸보다 적어도 서른 배는 더 길어보였다.

당신은 누구세요?

체체가 겁먹은 목소리로 물었다.

나는 바다를 지배하는 잠수함이란다.

거들먹거리며 잠수함은 체체를 내려다보았다. 바다를 지배하려면 바다와 어울릴 줄 알아야 한다던 할아버지의 말이 생각났다. 체체는 주둥이로 잠수함의 몸을 문질러 보았다. 그러다가 그만 튕겨나와 나동그라지고 말았다.

이 시커먼 물체는 조금도 물결을 닮지 않았는걸.

잠수함이 딱딱한 목소리로 말했다.

나에게는 어뢰와 미사일이 있어. 그래서 바다 위의 대형 항공모함도 나를 경계하지. 나는 전쟁 중에 가장 효과적으로 상대를 공격할 수 있어. 육지의 도시 하나를 잿더미로 만들 수도 있지.

잠수함의 목소리는 서늘했다.

내가 어떻게 움직이는지 궁금하지?

그건 체체가 궁금해하는 일이 아니어서 그는 약간 언짢았다. 잠수함이 예언에 귀를 기울이는 자가 아니라는 생각이 들었기 때문이다.

예의를 모르는군.

잠수함은 자신의 파괴력을 과시하기 위해 몇 가지 숫자와 통계들을 더 늘어놓았다. 그런 것들은 체체의 귀에 잘 들어오지 않았다.

멀리서 봤을 때는 돌고래의 체형을 흉내 내어 만든 장난감일 뿐이야.

체체는 혼자 생각했다.

쓸데없는 논쟁으로 그의 화를 돋우고 싶지는 않았다. 지나치게 많은 지식을 뽐내면서 자기 자랑에 열중하는 그가 싫었다. 야생의 마음이라고는 한 뼘도 지니지 못한 무쇠 덩어리에게 무슨 말을 한단 말인가. 모르는 것과 아는 것의 차이는 크지 않아, 모르는 게 많다고 해서 현명하지 않은 것도 아니지. 뭔가를 많이 아는 척하는 돌고래들과 대화를 할 때 잠시 주눅이 들긴 하지만 지식이 세상을 바꾸는 것은 아니지, 하고 체체는 생각했다. 그는 할머니를 떠올렸다.

할머니는 일자무식이었지. 할머니는 자신의 이름을 쓸 줄 몰랐지만, 가족들이 태어난 날을 줄줄이 꿰었고, 조류에 따라 어떤 물고기들이 많이 밀려오는지 알았고, 내가 아프면 집에서 멀지 않은 곳에서 약으로 쓸 해초를 재빨리 채취해 올 줄 아셨어.

어릴 적에 체체는 할머니가 신에 가깝다고 생각했다. 신은 보이지 않는 존재라는데 할머니는 매일 아침 잔소리를 하면서 체체의 눈앞에 나타나는 게 문제였지만.

체체는 잠수함의 머리 쪽으로 헤엄쳐갔다. 그가 유영하는 방향에 따라 꼬리지느러미 끝으로 물방울들이 뽀글뽀글 피어올랐다. 물방울을 본 잠수함이 어린아이처럼 말했다.

나는 물방울이 제일 무서워.

뜻밖이었다. 덩치 큰 잠수함이 물방울이 무섭다니! 물방울은 액체 안에 숨어 있던 공기들이 갑자기 나타나면서 발생한다. 돌고래들은 장난을 칠 때 물방울을 가지고 놀았다. 물방울을 만들어 상대방의 시야를 가리기도 하고 물방울로 몸을 간질이기도 하는 것이다.

잠수함이 말했다.

바닷속에서 위치를 들키지 않으려면 소리를 최대한 줄여야 해. 그런데 내가 움직이려면 엔진을 가동시켜 프로펠러를 돌려야 하는데, 프로펠러는 어김없이 소음을 만들어 내거든. 프로펠러 소리가 크게 나는 것은 프로펠러가 돌 때 그 주변에 물방울이 발생하기 때문이지.

체체가 말했다.

바닷물이 공기를 내뿜으면 물방울이 생기는 거죠.

잠수함이 말을 이어갔다.

나는 해수면 아래에서 은밀하게 작전을 수행해야 해. 그런데 물방울과 소음이 많이 발생하면 어떻게 되겠어? 그건 적에게 내 위치를 알려주는 것과 다름없지.

이렇게 말하면서 잠수함은 눈치를 살폈다.

전쟁이 일어나지 않으면 물방울을 겁낼 필요가 없는데 말이야.

체체는 궁금해졌다.

당신은 실제로 참전한 적이 있어요?

잠수함은 대답 대신에 프로펠러 주변을 보여주었다. 불에 그을린 검은 흉터가 그대로 남아 있었다. 전쟁 중에 빨리 도망가야 할 상황이 발생했고, 그때 추진 장치에 무리가 가서 화상을 입었다고 했다.

잠수함은 체체에게 말해주고 싶은 이야기가 있다고 했다. 체체는 귀를 크게 열고 상대방의 말을 경청할 줄 아는 돌고래였다.

돌고래들은 음파를 감지해 물체의 위치와 모양을 식별하는 능력이 탁월하잖아. 너도 100미터 이상 떨어진 곳에서 10센티미터 크기의 물고기도 사냥할 수 있지. 사람들은 돌고래를 훈련시켜 강제로 전쟁에 동원해 왔어. 돌고래들이 함정을 호위하거나 해안가를 순찰하면서 적의 잠수 요원이 침투하지 않는지 경계를 서는 일은 그나마 손쉬운 일이야. 경계 업무에 투입되는 돌고래는 적의 잠수 요원을 발견하면 들이받아 주둥이에 설치된 장치를 통해 위치를 알리는 거야. 그리고 적의 레이더를 탐색하고 교란하는 일도 훈련시키지. 넌 열 살 난 어린이에게 폭탄을 짊어지게 하고 전쟁터로 내보내는 일을 상상해본 적 있니? 그건 상상조차 할 수 없는 일이지. 하지만 사람들은 상상을 현실로 만들고 싶어해. 사람들은 돌고래에게 그런 일을 맡겼어. 기뢰라는 게 있어. 기뢰는 수중에 설치하는 폭탄이지. 사람들은 돌고래에게 기뢰의 위치를 추적해 거기에 부표를 설치하는 일까지 떠맡긴 거야. 그렇게 안전을 확인한 다음 해군을 투입해 기뢰를 제거하는 거지. 전쟁은 인간들이 일으키고 피는 돌고래들이 흘리라는 거지. 인간이 죽는 거보다 돌고래가 죽는 게 나으니까. 돌고래들을 작전에 투입시킬 때 사람들은 돌고래의 주둥이를 묶어 물고기를 잡아먹을 수 없도록 한다는 걸 아니? 혹시라도 도망을 가봤자 굶어 죽을 수밖에 없다는 사실을 깨달은 돌고래는 임무를 마치고 어쩔 수 없이 가두리로 돌아와 군인이 주는 물고기를 먹어야 하는 거야. 그렇게 길들이는 거지. 미국은 돌고래를 군사용으로 가장 많이 활용하는 나라야. 미국 캘리포니아 주 샌디에이고에 있는 우주해상전쟁시스템센터에는 지금도 80여 마리의 돌고래가 훈련을 받고 있지. 돌고래 부대인 거야. 미국 해군은 베트남, 이란, 한국, 알래스카, 뉴칼레도니아, 노르웨이 등지에서 작전을 할 때 돌고래를 투입한 적이 있어. 돌고래들의 가슴지느러미에 독이 묻은 작살이나 폭탄을 장착해 유사시에 자살 특공대로 훈련시키기도 해. 정말 끔찍한 일이지. 미국 해안에 허리케인이 강타했을 때 훈련 받던 돌고래 수십 마리가 실종되어 인근 해역의 잠수부와 윈드서퍼들이 공포에 떤 적도 있단다.

잠수함은 여기서 말을 멈추었다.

그러고는 어깨를 들썩이며 흐느껴 울기 시작했다.

체체는 아무 질문도 하지 않았다.

울고 싶을 때는 영혼이 다 빠져나가도록 울어야 해, 울음은 몸속의 슬픈 영혼을 배출하는 환기구잖아.

# 11

체체는 남쪽으로 계속 헤엄쳐 내려갔다.

나는 길들여지지 않은 돌고래로 살아갈 거야.

체체는 바닷속의 바람이었다. 그는 헤엄치며 노래를 흥얼거리기도 했다. 그 노래는 해안의 절벽 끝에 서서 떠돌이 가수가 읊조리던 노래였다. 떠돌이 가수는 기타를 메고 와 해가 질 무렵이면 노래를 불렀다. 체체는 매일 저녁 그 노래를 듣기 위해 절벽 가까이 헤엄쳐갔다.


이 세상을 넘어 무한의 세계로

가라, 한 끼의 밥을 굶을지라도
한 걸음이 천 걸음이 되는 그 길을
찾아가라, 한순간이 영원인 것을
여기 머무르지 말고 주저하지 말고
너를 이끄는 힘은 너에게 있으니
파도를 넘어 두려움을 넘어 가라

노래를 부르면 어떤 에너지가 심장에 채워지는 느낌이 들었다. 너를 이끄는 힘은 네 속에 있다고, 여기에 머물지 말고 가라고, 마치 노래가 자신을 응원하는 것 같았다. 체체는 그 어떤 것에도 침해받지 않는 상태를 이루는 것, 그게 자유라고 생각했다. 어른들은 말했다. 국경선은 절대 넘어서는 안 되는 울타리라고. 거기를 벗어나면 굶주림과 죽음이 기다린다고. 체체에게 국경선이라는 경계는 없었다. 헤엄치는 일은 도전한다는 말이며 다른 세계에 초대받는 일이며 돌고래의 삶을 밀고 나가는 일이었다.

체체는 생각했다.

헤엄친다는 것은 정말 세계를 몸으로 받아들이는 일이지. 그것은 단순히 지느러미와 몸통의 관절을 움직이는 행위에 그치지 않아. 가슴지느러미의 관절은 움직임을 원활하게 해주기 위한 하나의 연결 고리에 지나지 않아. 내가 헤엄치겠다는 마음을 품으면 그때부터 내 몸의 모든 기관은 헤엄치는 일을 돕기 위해 준비를 하지. 누가 특별히 지시하지 않았음에도 몸 전체가 헤엄치는 일에 집중하거든. 나는 혼자 떠났지만 혼자가 아니었어. 내가 꼬리지느러미를 내려치는 순간, 이 세계는 모두 내게 집중하지. 바닷속 풍경은 내가 떠나온 곳이 궁금해 천천히 뒤로 지나가고, 달과 별은 하늘에서 내려와 나를 따라왔어.

일본의 오키나와 섬 남쪽 해변에서부터 바다는 코발트블루로 빛나기 시작했다. 태평양이 가까워졌다는 뜻이었다. 체체는 야자수가 일렬로 늘어선 해안에서 며칠을 머물렀다. 맑고 따뜻한 바다 위에 몸을 띄우고 있을 때 새 한 마리가 등허리에 올라앉았다. 등과 어깨에 붉은 깃털이 듬성듬성 난 붉은어깨도요였다.

잠깐만 쉬었다가 갈게.

붉은어깨도요는 피곤해 보였다.

체체가 물었다.

넌 여기에 사는가 봐?

아니. 나는 북쪽으로 이동하는 중이야.

체체가 다시 물었다.

그럼 넌 어디에서 출발을 했니?

일주일 전에…… 뉴질랜드를 떠났지.

붉은어깨도요는 뉴질랜드에서 겨울을 보낸 뒤 시베리아로 가기 위해 10000킬로미터를 비행했다고 말했다. 그것도 2000미터 상공에서 말이다.

붉은어깨도요가 꽁지깃을 털면서 말했다.

그동안 아무것도 먹지 않았어.

체체는 그가 덩치에 비해 가벼운 이유를 알았다. 정말 그의 몸은 가죽과 털만 남아 앙상하기 이를 데 없었다. 오로지 날기 위해 그는 먹이를 입에 대지 않았던 것이다.

너는 남쪽으로 가고 있는 거지?

붉은어깨도요는 다 알고 있다는 듯이 말했다.

체체는 머쓱해졌다.

그래. 마음의 야생지대로…….

체체가 머뭇거리자 붉은어깨도요가 말했다.

우리는 오래 머물러 익숙해지는 걸 행복이라고 여기지 않아. 우리에게 날개가 있는 이유는 바람을 접었다가 펴면서 창공을 날아가는 일을 멈추지 않기 위해서야. 이 소중한 날개를 빗자루로 쓸 수는 없잖아.

붉은어깨도요는 까르륵, 하고 웃었다. 웃음소리가 허공에 소금

알처럼 튀어 나갔다. 잠시 말을 멈추었다가 붉은어깨도요는 다시 까만 부리를 열었다.

사람들은 집을 짓고 가구를 들이고 전등과 초인종을 달아야 행복이 시작된다고 생각하잖아. 그러면 뭐해. 직업을 얻어야 하고 또 출근을 해야 하니 고단해질 수밖에.

나는 헤엄치는 게 직업이야.

붉은어깨도요가 맞장구를 쳤다.

나는 날아가는 게 직업이지.

그러고 나서 둘은 큰소리로 웃었다. 모처럼 유쾌한 친구를 만났군, 하고 체체는 생각했다. 이 돌고래는 나하고 통하는 게 있어, 하고 생각하며 붉은어깨도요도 마음이 놓였다.


그다음 날에도 붉은어깨도요가 찾아왔다. 해안의 모래펄을 중간 기착지로 하루 쉬었던 친구들이 떠난다는 것이었다. 다음 기착지는 한국 서해안의 줄포만이라고 했다.

붉은어깨도요는 체체의 등 위를 경중경중 걸으며 말했다.

너의 등은 부드러운 물결을 닮았어.

그러자 체체가 흉내를 냈다.

너의 날개는 따스한 바람을 닮았지.

헤어질 시간이 다가오자 붉은어깨도요는 체체에게 깃털 하나를 떨어뜨렸다. 체체는 깃털을 입에 물었다.

나는 너에게 줄 게 없구나.

붉은어깨도요가 말했다.

너는 내게 친구로 와주었잖아. 그보다 더 큰 선물이 어디 있겠니? 나는 네가 내려온 길을 잘 따라갈 거야. 너는 내가 올라온 길을 잘 찾아봐. 우리는 친구잖아.

붉은어깨도요 무리는 다시 북상하기 위해 일제히 공중으로 날아올랐다. 체체는 하늘로 비상하는 헤아릴 수 없이 많은 은빛 가루들한테서 눈을 떼지 않았다.

# 12

맹그로브의 뿌리가 마구 뒤엉켜 있는 해변에 도착했다. 열대의 바다였다. 맹그로브 뿌리는 촘촘하게 스크럼을 짜고 육지에서 흘러나오는 흙탕물과 오염물질을 걸러주고 있었다. 흙탕물과 맑은 모랫바닥의 경계가 또렷했다. 나무뿌리 사이로 수만 마리의 형광색 열대어들이 떼 지어 헤엄치고 있었다. 열대어들은 체체를 두려워하지 않는 것 같았다. 체체의 몸 가까이 우르르 몰려와서 주둥이로 체체의 등지느러미를 콕콕 쪼다가 순식간에 뿔뿔이 흩어지곤 하였다.

체체는 폐 속의 공기를 바꾸기 위해 수면 위로 올라갔다. 목구멍에 있는 거품을 숨구멍으로 내뱉기 위해서였다. 체체는 숨을 크게 들이쉬었다가 밖으로 내뿜었다. 바깥의 공기에 닿은 수증기가 물방울로 변해 분수처럼 허공을 갈랐다.

너 숨구멍이 어떻게 만들어졌는지 아니?

엄마가 돌고래 숨구멍이 지닌 내력에 대해 말해준 적이 있었다.

옛날에 몹시 가난하게 살던 동물들이 있었단다. 그들은 먹을 게 없어서 늘 굶주렸어. 바다 건너에 아름답고 풍요로운 땅이 있다고 철새들이 알려주었지만, 바다를 건널 수가 없었지. 그들에게는 지느러미가 없었거든. 하루는 동물들이 돌고래를 찾아와 돌고래가 가진 대형 카누를 빌려 달라고 했어. 돌고래가 난감한 표정을 짓자 이웃에 사는 불가사리에게 부탁했어.

내가 돌고래를 꼬여 한눈을 팔게 할 테니까 그때 재빨리 카누를 훔치는 거야.

그리고 불가사리는 돌고래에게 가서 말했어.

네 몸에 해충이 많구나. 내가 해충을 다 잡아 줄 테니 큰 바위 위에 올라가 누워보렴.

때마침 몸이 가려워 온몸을 뒤척이고 있을 때였어. 돌고래는 불가사리가 고마웠지. 돌고래는 타고 있던 카누에서 내려와 해변의 바위에 벌렁 드러누웠어. 불가사리는 돌고래의 몸 곳곳을 기어 다니며 해충들을 잡기 시작했지. 기분이 좋아진 돌고래는 깜박 잠이 들었어. 그가 잠에서 깼을 때는 동물들이 카누를 타고 수평선을 막 넘을 때였어. 카누를 도둑맞은 돌고래는 불가사리의 꾐에 넘어갔다는 걸 뒤늦게 알고 화가 났지. 그는 커다란 꼬리지느러미로 불가사리를 두드려 패기 시작했어. 이내 불가사리의 몸은 여러 갈래로 찢어졌고, 돌고래 머리 만했던 몸통은 납작해지고 말았어. 불가사리가 작고 납작해진 게 그때부터래.

불가사리에게 화풀이를 한 돌고래는 동물들이 탄 카누를 쫓아갔어. 얼마나 급하게 추격을 했던지 숨이 가빠져 수면으로 뛰어올랐지. 그때 돌고래의 숨이 머리를 뚫고 밖으로 뿜어져 나왔어. 저항하던 불가사리가 돌고래의 머리에 깊은 상처를 냈고 그 상처에 구멍이 나면서 그리로 거친 숨이 새 나왔던 거야. 돌고래의 숨구멍은 그때 생긴 거야.

그때부터 불가사리는 돌고래가 두려워 바다의 밑바닥에 붙어 살아가게 되었어. 아름답고 풍요로운 땅에 당도한 동물들은 돌고래의 카누를 버렸어. 그 카누는 나중에 먼바다의 자그마한 섬이 되었다고 해. 우리가 지금도 해변을 헤엄치는 것은 그 카누를 찾기 위해서래.

이렇게 말하면서 엄마는 체체의 등지느러미를 바라보았다.

너도 잃어버린 카누를 찾아가는 돌고래가 될 거지?

체체가 또랑또랑한 목소리로 말했다.

카누가 정말 섬이 되었을까요?

엄마가 고개를 끄덕였다.

체체가 말했다.

그렇다면 그 섬을 찾아서 엄마를 모셔갈게요.


엄마는 아침마다 잠자는 체체를 흔들어 깨웠고, 젖을 물리거나 연한 오징어를 입에 넣어주었고, 칭얼대는 체체를 달래려고 머리를 입으로 비벼준 다음에 체체를 할머니에게 맡겼다. 그러고는 더 깊은 물 속으로 헤엄쳐갔다. 물속에서 더 많은 먹잇감을 찾기 위해서였다. 엄마가 일을 하러 나가지 않으면 식구들이 굶어야 했다. 온종일 체체는 할머니와 보냈다. 수영 실력이 미숙한 체체는 저녁이면 수면 근처에 자주 머물러 있었다. 어둑어둑할 때 귀가하는 엄마의 거뭇한 등지느러미를 기다리기 위해서였다.

어린 돌고래들은 서쪽 하늘에 노을이 깔리기 시작하면 저마다 수면으로 떠올랐다. 멀리서 검은 등지느러미가 보이기 시작하면 수십 명의 아이들이 일제히 소리쳤다.

우리 엄마다!

그러나 엄마와 함께 물속의 집으로 돌아가는 아이는 하나뿐이었다. 매번 그런 해프닝은 반복됐다. 세상이 암흑으로 가득 찰 때까지 엄마가 돌아오지 않는 날도 있었다. 밤늦게 돌아온 엄마는 크게 숨을 몰아쉬곤 하였다. 체체는 어렸다. 그저 방향 없이 이리저리 맴돌거나 엄마의 몸과 가슴지느러미를 입으로 문질렀다. 그러면 엄마가 기어들어 가는 목소리로 할머니에게 말했다.

매일 실패하면서 사는 것 같아요.

엄마의 등 위에서 뒹굴거나 배를 뒤집고 헤엄치거나 머리를 수면으로 내밀었다가 물에 풍덩 뛰어들었다가 다시 물 위로 치솟고, 가끔은 꼬리로 바다 표면을 철썩 내리치는 일, 그런 것들만이 체체가 엄마를 위로할 수 있는 몸짓이었다.

체체가 혼자 헤엄을 칠 수 있게 되었을 때였다. 꼬리로 바위 동굴에 붙은 부유물들을 털어내던 할머니가 문득 물었다.

너는 장차 무엇이 되고 싶니?

글쎄요.

네가 하고 싶은 일을 말해봐.

체체는 수면 바깥으로 수직으로 뛰어올라 공중에서 몸을 한번 비틀었다. 익힌 지 얼마 되지 않은 기술이었다. 그러고는 할머니 곁으로 다가갔다.

무엇이 되는 게 중요한 일인가요?

그럼.

한참 뜸을 들이던 체체가 말했다.

멀리, 되도록 멀리 떠나는 돌고래가 되고 싶어요.

할머니의 얼굴이 너도 별수 없구나, 하는 표정으로 바뀌고 있었다.

체체야, 한 가지만 기억해두렴.

뭔데요?

여기를 떠나는 것은 여기로 돌아오기 위해서야. 네가 떠난다고 해서 여기를 버리면 안 돼. 여기를 까맣게 잊어서는 안 되는 거야.

왜요?

할머니가 혼자 중얼거렸다.

그게 운명이지…….

큰이모는 뭐든지 아는 게 많다. 그만큼 아는 척도 많이 해서 가끔 엄마의 잔소리를 들어야 했다. 큰이모는 남자의 입맛, 남자의 성격, 남자의 호기심, 남자의 이기심, 심지어 여자를 대할 때 남자의 심리까지도 훤하게 잘 알았다. 너는 남자에 대해 그렇게 잘 알면서 왜 한 번도 남자를 만나러 가지 않니, 라고 엄마가 잔소리를 퍼부으면 큰이모는 늘 이렇게 짤막하게 말하곤 했다.

내가 바빠서.

어느 날 큰이모가 지나가던 체체를 붙잡았다.

혹시 널 힘들게 하는 친구가 있니?

아니.

요새 얼굴이 침울해 보이는데?

난 괜찮아.

너 혹시 어디 아픈 거니?

체체가 고개를 흔들자 큰이모가 빠르게 말을 하기 시작했다.

해조류가 몸에 좋대. 물고기만 먹지 말고 너도 해초에 관심 좀 가져. 톳 알지? 바위에 붙어사는 오돌토돌한 풀 말이야. 톳에는 방사능이나 오염물질이 몸에 누적되는 걸 막아주는 성분이 있대. 암에 걸리지 않고 오래 살려면 너도 톳을 많이 먹어라.

응, 그렇게.

너 그거 아니?

뭐?

열대 지방에 사는 어떤 물고기는 낮에 해삼의 내장에 들어가서 산대. 해삼은 아무 말 없이 그 친구를 숨겨주는 거지. 이 물고기는 밤이 되면 해삼의 항문으로 빠져나와서 새우나 작은 게를 잡아먹는대. 만약에 네가 해삼이라면 어떻게 하겠니?

관포지교(管鮑之交)는 변함이 없어야지.

아니, 그런 말을 어디서 배웠어?

체체가 빙긋 웃었다.

큰이모가 지난번에 가르쳐줬잖아.

한번은 이웃에 사는 엄마 친구가 집에 놀러 왔다. 그녀는 자기의 딸이 공부를 잘하지 못한다고 늘 투덜거리는 아줌마였다.

너는 어쩜 그렇게 똑똑하니?

체체가 대답했다.

아줌마네 딸이 저보다 오징어를 훨씬 잘 잡아요!

그거야 걔가 배고프니까 그러는 거지.

아니에요. 걔가 저보다 오징어를 훨씬 잘 찾아요.

아줌마가 길쭉한 주둥이 끝으로 체체의 이마를 쿡 찔렀다.

우리 애는 머리가 나빠.

아니에요. 걔는 뭐든 자세히 볼 줄 아는 눈을 가졌어요.

눈만 좋으면 뭐에 쓴다니?

체체는 자세히 볼 줄 아는 눈을 가지고 있는 게 실력이라는 말을 하고 싶었다. 그게 공부를 잘하는 것과 마찬가지라고. 하지만 어른들과 지나치게 오래 토론하는 것은 손해라는 걸 알고 있었다. 어른들이란 어떤 상자 같은 기준을 만들어 두고 거기에 아이들을 집어넣으려고 하니까.

체체가 말했다.

저는 걔랑 친해지고 싶어요.

아줌마가 인상을 찌푸렸다.

에고, 그 시간에 공부나 해라.

# 13

열흘이 지나 체체는 필리핀의 동쪽 바다에 이르렀다. 사마르 섬 연안이었다. 알마그로, 파라나, 베이스, 피나박다오, 샌 호르헤, 칼비가, 산호세 데 부안, 카발 불간, 산 세바스찬, 다람, 마가리타, 간다 라, 리타, 니뇨, 자봉, 타가풀, 마라붓, 탈라 로그, 마투이나, 타랑난, 모션, 비야 레알, 마라…….

사마르섬의 지명들은 발음하기가 힘들었다. 그 이름들을 다 기억하려면 얼마나 걸릴까. 남태평양에서 밀려오는 조류는 체체가 거기 머무는 동안 수많은 정보들을 실어 날랐다. 아름다운 해변이 관광지로 개발되면서 바다 쓰레기가 기하급수적으로 늘어나고 있다는 것, 폭격기들이 섬 하나를 훈련장으로 사용하면서 아예 그 섬에는 생물들이 하나도 살지 못하고 떠나게 되었다는 것, 포탄이 터지는 소리에 놀라 아기를 가졌던 돌고래들이 유산하는 일이 빈번하다는 것, 대형 화물선에 부딪히거나 그물에 갇혀 심각한 상처를 입는 돌고래들이 있다는 것, 아직도 태평양 어딘가에 고래를 포획하는 포경선들이 버젓이 눈에 불을 켜고 돌아다닌다는 것.

체체는 새로운 정보를 들을 때마다 상심했다.

사람들은 가지고 있는 것을 버리느라고 자신의 소중한 시간도 저렇게 애써 버리는구나.

뜨거워지는 것은 물이 된다.

바다는 뜨거움을 견디지 못한 물방울들이 모여 만들어졌다. 처음에 물방울들은 서로 충돌하면서 깨지고, 서로 손을 잡아 또 다른 물방울들을 끌어당겼다. 물방울들은 공중에 구름으로 드리워졌다가 이 세상의 낮은 곳으로 한꺼번에 비가 되어 내렸다. 작은 물방울들이 물의 공동체를 만들어 세상을 다스리기 시작했다. 그게 바다다. 바다는 서로를 알아보았고 서로 뭉쳤고 서로 영향을 주고받았다. 바다는 자신의 의견을 피력하기도 했고 남의 하소연을 들어주기도 했다. 바다는 그렇게 서로 연결되어 있었다.

바다는 서로가 서로를 품고 있다고 믿었으며, 서로가 서로에게 필요하다는 것을 인정하였다. 바다는 일과 놀이를 분리하지 않았고 함께 생산하고 더불어 이윤을 나누는 역동성의 공동체를 만들었다. 역동성은 바다의 에너지다. 그 힘으로 바다는 쉬지 않고 출렁이며 부지런히 출퇴근을 되풀이한다.

바다의 역동적인 움직임이 바다의 근육을 단련시켰다. 육지가 세상의 뼈대라면 바다는 육지와 육지를 잇고 육지의 형태를 잡아주는 근육 덩어리다. 바다는 육지의 피부이자 육지를 감싸는 갑옷이다. 갈라진 곳을 잇고, 나누어진 것을 합치고, 무너져 내린 것들을 세우고, 해진 것들을 꿰매고, 이쪽과 저쪽을 결합하면서 바다는 대양으로 성장했다. 근육 때문에 바다는 민첩하고 유연하다. 바다는 덜컥거리거나 삐걱거리지 않는다. 바다는 무엇이든 접고 구부리고 펴고 비틀 줄 안다.

바다의 근육은 푸르다. 푸른 것은 잘난 척하지 않고, 푸르지 않은 것들을 끌어당겨 같이 푸르러지자고 한다. 바다의 근육은 주변을 감싸 안는다. 푸른 근육은 마음의 폐허를 쓰다듬어주고 마음의 쓰라림을 싱그러움으로 바꾸어준다. 그래서 바다 앞에서는 밤도 푸르고 바위도 푸르고 물살도 푸르고 공기마저 푸르다. 그렇다고 바다가 붉은 소라게와 붉은 말미잘을 배척하는 것은 아니다. 붉은 것은 붉은 그대로, 노란 것은 노란 그대로 살아가도록 바다는 방치한다. 바다의 푸른 근육은 언제나 방치의 통치술로 넘실거린다.

바다는 힘이 세다. 힘이 세도 바다는 넘치지 않으며 함부로 육지를 넘보지 않는다. 바다는 바다끼리 다투지도 않는다. 다만, 때로 폭발적이고 순발력 있는 팽창이 가능하다는 점을 잊어서는 안 된다. 그건 바다가 뜨거워질 때이다. 뜨거운 열에 의해 바닷물이 증발하면 주변의 수증기들을 끌어모아 강한 상승기류를 만든다. 이때 강력한 저기압이 발생한다. 이 열대성 저기압이 강풍과 장대비를 탑재한 태풍을 생산한다. 이 가공할 위력에 맞설 자는 없으므로 사실 바다는 매우 위험한 곳이다. 그렇다고 태풍이 사시사철 육지와 사람들을 위협하는 것은 아니다. 바다는 육지와 협업하고 타협할 줄 안다.

바다는 고여 있는 게 아니라 앞으로 나아간다. 폭이 좁은 육지와 육지 사이에서는 거센 소용돌이를 만들기도 한다. 한대와 난대의 바닷물이 만나거나 헤어지면서 물결의 흐름을 바꾸는 걸 해류라고 한다. 그것이 바다의 항진이다. 바다는 항진하면서 육지의 위치와 높이를 조정하고 갯벌에 진흙을 쌓기도 하며 곳곳에 수평선을 걸어두고 한계의 끝이 어디인가를 일러준다. 그런 바다를 지배하고자 하는 자는 없다. 그 누구도 지배할 수 없어서 바다는 어느 누구에게도 방해를 받지 않고 항진한다.

먼바다를 여행하면서 체체는 바다에 대해 조금 더 이해하게 되었다. 그 대신 바다는 체체가 헤엄치며 돌아다닌 길들을 기억했다. 동중국해를 가득 채우고 헤엄치던 멸치 떼, 천연가스 채굴 현장의 검은 기름띠, 굉음과 함께 하나의 점으로 나타났다가 순식간에 사라지던 전투기들, 컨테이너를 가득 싣고 국경을 넘던 화물선들…….

동중국해를 벗어나 남중국해에 이르렀을 때쯤이었다. 체체는 바위틈에 숨어 있던 뱀장어 두 마리를 만났다. 그들은 짙은 회색에 노란빛이 섞인 등을 가지고 있었다. 배 쪽도 옅은 노란색이었다.

안녕?

체체가 먼저 말을 걸었다. 암컷이 경계하는 눈빛으로 수컷 뒤로 기어들어 갔다. 그들은 눈 뒤에 7개의 아가미구멍이 있는 칠성장어는 아니었다. 칠성장어는 다른 물고기의 몸을 감고 빨판처럼 달라붙어 입속의 날카로운 혀로 상처를 낸 다음 피를 빨아먹는 장어였다.

체체가 다시 물었다.

너희는 어디로 가니?

수컷이 점잖게 말했다.

필리핀 앞바다에 알을 낳으러 가, 우리는.

수컷 뱀장어는 우리, 라는 말을 유난히 힘주어 말하는 것 같았다. 나는 혼자인데, 하고 체체는 생각했다. 그들은 한국의 만경강에서 7년을 살았다고 했다. 알을 낳으러 가기 위해 낮에는 수심 500미터가 넘는 깊은 바닥 쪽으로 헤엄을 쳤다고 했다. 천적의 위협이 줄어드는 밤이 되면 100미터 정도 되는 깊지 않은 바다로 이동한다는 것이었다.

강을 떠나온 이후 아무것도 먹지 않았어.

뱀장어 두 마리는 무척 수척한 모습이었다. 암컷이 말했다.

알을 낳아야 하거든.

먹이를 먹지도 않고 도대체 어디까지 가서 알을 낳을 건데?

수컷이 말했다.

거의 다 도착한 것 같아.

암컷이 말했다.

거긴 한국에서 3000킬로미터는 떨어져 있을걸.

체체의 눈이 휘둥그레졌다. 오로지 알을 낳기 위해 목숨을 걸고 그 먼 거리를 이동한다는 걸 믿을 수가 없었다. 체체는 자신의 예언을 찾아 여행을 떠나왔을 뿐인데. 실제로 뱀장어 두 마리는 서로를 소중하게 생각하고 있는 것 같았다. 상대방에 대한 예의, 그게 사랑이라는 생각이 들자 체체의 머리는 혼란스러워졌다.

나는 사랑을 모르는 남방큰돌고래일까?

체체는 자신의 예언에 따라 제주 바다를 떠나왔다고 생각하며 살았다. 아끼고 사랑하던 것들을 까맣게 잊고 그저 남쪽을 향해 헤엄치기만 했다. 뱀장어를 만나면서 체체는 제주의 물빛과 거기에 남겨두고 온 나리를 떠올렸다. 나리를 만나면서 체체의 마음속에는 내가 이렇게 행복해도 되나, 라는 생각이 떠나지 않았었다.

암컷 뱀장어가 말했다.

우리는 달이 뜨지 않는 그믐밤에 떼로 모여 알을 낳아.

수컷이 거들었다.

하늘이 모든 것을 감춘 뒤에야 바다에 알을 낳는 거지.

체체가 물었다.

그렇게 알을 낳은 뒤에 다시 한국으로 돌아가는구나?

아니…….

그럼?

알을 낳은 뒤에 우리는 없어질 거야. 그 자리에서 죽는 거지.

그들은 자신의 예언에 따라 알을 낳고 죽는 거라고, 아무런 미련도 후회도 없을 거라고 자신 있게 말했다.

알에서 새끼들이 깨어나면 대나무 잎사귀처럼 얇은 몸으로 헤엄을 칠 거야. 마치 댓잎들이 떼를 지어 몰려다니는 것 같은 풍경이 연출되겠지. 사람들은 우리 새끼들을 댓잎뱀장어라고 부를 테지. 댓잎들은 쿠로시오 해류를 따라 우리가 헤엄쳐왔던 3000킬로미터를 거꾸로 헤엄쳐 갈 거야. 우리 대신에 새끼들이 돌아가는 거야. 그건 우리가 돌아가는 것과 마찬가지지. 육지 가까이에 다다르면 댓잎 모양의 형체는 5센티미터 정도의 가느다란 실뱀장어로 변해.

한 장의 댓잎이 큰 바다를 건너는 뱀장어가 되는 풍경. 작고 자잘하고 하찮은 잎사귀 하나가 생명으로 꿈틀거리는 형식. 체체는 그 풍경과 형식을 머릿속으로 그려보았다. 뱀장어의 여행은 자신의 예언을 찾아가는 숭고한 여정 바로 그것이었다.

체체는 그날 밤 잠을 이루지 못했다.

# 14

당신, 당신이라는 말을 처음으로 해보네. 당신이 떠나기 전에는 한 번도 그렇게 불러볼 용기가 나지 않았어. 이제 아이가 태어났으니 나는 당신이라고 부를래.

내가 임신한 사실을 알고 나서 얼마나 막막하고 답답했는지 당신은 잘 모를 거야. 내가 하고 싶은 것을 하지 못하고, 내가 가고 싶은 곳을 맘대로 가지 못한다는 게 억울하고 슬펐어. 지금까지 이런 일보다 더 힘든 일도 잘 겪어왔는데 임신으로 상처받을 내가 아니라고 스스로 다독거렸지. 당신 없이 아기 키우는 게 무슨 자랑할 일도 아니지만, 배가 점점 불러오니까 무서워지더라고. 그런데 내가 슬픔에 빠져 있을 때면 아이가 배 속에서 나를 자꾸 들이받는 거야. 내 핏줄이잖아. 내 핏줄이 내게 말을 건네는데 어떻게 혼자 슬퍼하고만 있을 수 있겠어.

매일 당신 생각을 하면서 살고 있다는 말을 당신에게 꼭 해주고 싶었어. 이건 칭얼대는 게 아니야. 당신 탓을 하려는 것도 아니고. 당신에게 아기를 좀 봐 달라고 부탁하지도 못하잖아. 젖을 대신 먹여 달라고 떼를 쓸 수도 없는 노릇이지. 눈이 퉁퉁 붓도록 울다가 급기야 모든 소리가 아기 울음소리같이 들리던 날, 그날 나 혼자 깨달은 거야. 우리는 떨어져 있어도 연결되어 있다는 걸 말이야. 당신이 내 옆에서 어떤 돌고래도 우리 가족을 함부로 대하면 안 된다고 큰 소리로 말하는 걸 나도 듣고 싶었지. 아기도 그 소리를 듣고 싶을 거야.

7개월 전, 수온이 상승하면서 밤하늘의 보름달이 유난히 커 보이는 날이었지. 정말 말로 표현하기 힘든 난산이었어. 다섯 시간 동안 통증이 계속되었어. 통증이 머리부터 꼬리까지 퍼져나가는 느낌이었지. 우리 엄마와 내 여동생이 이틀 동안이나 내 곁을 지켜주었어. 내가 출산하면서 흘리는 피 냄새를 맡고 혹시라도 상어들이 난동을 부릴까 싶어서였지.

당신, 그날 나는 이를 악물고 우리 아기가 태어나는 걸 온몸으로 느꼈어. 아기는 꼬리부터 꼬물거리면서 내 안에서 조금씩 빠져나왔어. 그러더니 태어나자마자 숨을 쉬기 위해 수면 위로 떠올라 입을 내밀었지. 아주 오래전에 했던 익숙한 일처럼 말이야. 나는 그때 처음으로 아기의 몸이 물에 잘 뜨도록 입으로 받쳐주었어. 아기는 공기처럼 가벼웠어. 그때, 임신했던 동안 피곤하고 슬펐던 마음이 따스한 감정으로 바뀌는 걸 느꼈어.

지금 아가는 쭉쭉 힘차게 젖을 빨아먹고 있어. 젖꼭지가 가끔 입천장과 혀에 잘 닿지 않는지 울면서 짜증낼 때도 있지만 한번 젖을 물면 일곱 번이나 여덟 번 정도 빨아들이는 것 같아. 아침저녁으로 여섯 번 정도 젖을 먹이는데 이제 이모들이 갖다주는 부드러운 물고기도 제법 잘 먹어. 그럴 때 먹이를 삼키고 나면 배를 툭툭 두드려줘야 해. 트림을 시켜줘야 소화가 잘되거든.

요즘은 벌써 헤엄을 치는 일에 재미를 들였는지 하루가 다르게 실력이 늘고 있어. 이 녀석이 수면으로 올라갈 때는 위턱을 물 위로 불쑥 내밀어 숨을 내쉴 줄 알아. 이어서 머리와 등이 물 위로 나오고 숨구멍이 드러날 때는 숨을 들이쉬지. 이 기적 같은 순간들을 당신에게 보여주고 싶어.

나는 이 녀석을 정말 훌륭한 소년으로 키울 거야. 지금 당신은 곁에 없지만, 그것과 상관없이 나는 이 아이를 바다에서 존경받는

146

아이로 키우고 싶어. 이 아이가 자라 언젠가 내 곁을 떠날지라도 나는 슬퍼하지 않을 거야. 당신이 없어도 나는 이 아이를, 우리의 아이를 당당하게 키울 거야. 제주 바다를 주름잡는 멋진 돌고래로 키울 거야.

그래도 당신, 언젠가는 돌아오겠지? 당신 할아버지처럼 그렇게 늦게 돌아오지 않았으면 좋겠어. 돌아와 함께 헤엄치며 고등어를 사냥하고, 사람들이 탄 배를 에워싸면서 우리들의 멋진 수영 솜씨를 아이에게 보여 주었으면 좋겠어. 사랑하는 당신, 돌아올 거지? 멋진 등지느러미를 곧추세우며 돌아올 거지? 돌아와 내 비뚤어진 입에 따듯하게 입맞춤해 줄 거지? 그래, 그거면 좋아.

처음에는 내가 싫어져서 당신이 떠난 게 아닌가 생각하기도 했어. 하지만 이제 당신이 왜 떠났는지 어렴풋이 짐작해. 당신 할아버지가 당신 할머니를 떠났듯이 남자 돌고래에게는 떠돌이 유전자가 핏속 깊이 있다는 걸 알아. 그걸 남자들은 자유라고 핑계 대지. 그게 더 큰 세계를 알아가는 남자들의 방식일 거야. 여자들은 아기를 낳고 키우면서 자신과 아기와 세상이 하나란 걸 몸으로 알아. 남자들은 세상을 직접 보고 느끼고 겪어야만 세상을 안다고 생각하지. 그런 당신의 운명이 때로는 불쌍해 보이기도 해.

나도 아이만 바라보고 살지는 않을 거야. 나도 나의 미래가 있잖

아. 걱정하지 마. 당신. 이 세상에 나올 수 있게 해준 아빠를 고마워하는 아이로 키울게.

내 수다가 길어지네. 나는 몇 개월 동안 아이를 내 옆에 두고 헤엄치는 법을 가르치고 있어. 내가 앞서서 물살을 헤쳐가면 이 녀석이 물살의 저항을 덜 받고 나를 따라올 수 있잖아. 내가 숨구멍으로 숨을 내뱉으며 기다란 물방울을 한 줄기 뿜어내면 그걸 알아채고 나를 잘도 따라왔어. 그런데 하루는 자기가 앞서가면서 그 작은 꼬리지느러미로 물살을 헤치면서 나에게 따라오라고 하는 거야. 나는 일부러 지친 표정을 하고 우리 아가가 만들어주는 물길을 따라갔어. 내가 엄마가 되었다는 걸 짜릿하게 느꼈던 순간이었지.

우리 아가의 자잘한 은빛 이빨은 또 얼마나 예쁜지……. 때로 젖을 빨다가 젖꼭지를 깨물 때도 있다니까. 아픈 것도 아니고 간지러운 것도 아닌 그 느낌, 그 묘한 느낌을 나는 엄마의 느낌이라고 생각하고 살아. 이제 두어 달 후에는 젖을 떼고 이 녀석이 자기 힘으로 자유롭게 헤엄을 칠 수 있도록 가르칠 거야.

당신, 당신은 지금 어느 먼바다를 헤엄치고 있는지, 밥은 굶지 않는지, 잠들기 전에는 가끔 내 생각도 하는지, 나는 당신의 모든 게 궁금해. 언젠가 당신이 했던 말이 생각나네. 마음의 야생지대, 생명의 근원을 찾아서 떠날 거라던 말. 나는 당신이 반드시 그곳을 찾을 거라고 믿어. 당신은 내가 사랑하는 당신이니까. 나와 우리 아기가 응원하고 지지하는 당신이니까.

## 15

　한번은 참돌고래 200여 마리가 해변으로 떠밀려가 모래사장에 드러눕는 사건이 발생했다. 어릴 적에 모래사장을 동경했던 체체는 그 광경을 똑똑히 목격했다. 참돌고래들은 사마르섬 해변으로 힘없이 떠밀려 왔다. 그 누구도 손을 쓸 수 없었다. 꼬리지느러미는 두드릴 바다가 없었고, 가슴지느러미는 헤쳐나갈 물결이 없었다. 돌고래만 한 바위들이 듬성듬성 박혀 있는 해변이었다. 사람들이 북적거리는 해수욕장에서 꽤 멀리 떨어진 곳이어서 이들은 좌초된 지 한 시간이나 지난 후에 발견되었다.

　돌고래들이 집단으로 자살을 시도했군.

이렇게 말한 사람은 맨 먼저 출동한 소방대원이었다.

바다 밑의 화산이 폭발해 고막이 손상되었을 거야. 그래서 방향 감각을 잃어버린 거지.

지질학자는 매우 조심스럽게 추정했다.

참돌고래들에 대한 구조 활동은 비교적 원활하게 진행되었다. 소방대원들은 구급용 대형 들것에다 참돌고래들을 실어 날랐고, 경찰은 주민들과 함께 돌고래들을 밧줄로 묶어 바다 쪽으로 끌어당겼다. 크레인을 실은 트럭이 공사장에서 급히 달려오기도 했다. 모래사장에 좌초된 참돌고래보다 더 많은 사람들이 구조에 참여했다.

얼굴이 가무잡잡한 단발머리 여자아이가 소라껍질로 바닷물을 떠서 괴로워하는 참돌고래의 눈에 부어주고 있었다. 그 참돌고래는 눈을 뜨지 못하고 끙끙, 한숨을 내뱉었다. 아이는 해변에서 참돌고래 떼를 처음 발견하고 어른들에게 알린 아이였다. 그것도 모르고 어른들은 아이를 보고 소리쳤다.

애들은 저리 가거라.

너무 큰 소리는 울음을 만들어낸다. 아이는 어른들의 고함소리를 듣고는 그만 그 자리에 주저앉아 자지러지게 엉엉 울기 시작했다. 아이가 우는 것을 유심히 지켜보는 어른은 없었다. 그들은 바빴으니까.

체체는 생각했다.

울음은 슬픔을 배출하는 것이기도 하지만 잠든 것들을 깨우는 약이 되기도 하지. 이 아이의 울음이 참돌고래들을 깨울지도 몰라.

구조 작업은 두 시간 넘게 이어지면서 성공적으로 끝났다. 구조에 참여했던 사람들은 어깨를 두드리며 사라졌다. 하지만 끝내 참돌고래 한 마리는 바다로 돌아가지 못했다. 아이가 그 가녀린 손으로 눈에 물을 퍼부어주던 참돌고래였다.

나중에 안 일이지만 그 참돌고래는 고래연구센터에 넘겨졌고, 연구원들은 신속히 해부작업에 돌입했다. 껍질은 껍질대로, 뼈는 뼈대로, 장기는 장기대로 속속 나누어졌다. 연구원들은 해부한 참돌고래를 기록하고 촬영하면서 부검을 실시했다. 해부 결과 죽은 참돌고래의 위에서 1000조각이 넘는 자잘한 플라스틱 조각이 발견되었다. 몸속의 플라스틱 무게는 자그마치 7킬로그램에 달했다고 한다. 바다에 떠다니는 바다 쓰레기를 먹이로 착각하고 먹었던 게 잘못이었다.

조용히 혼자 시간을 보낼 줄 모르는 게 문제야.

맑은 바닷속에 수정으로 이루어진 바위가 있었다. 바위는 수직으로 우뚝 서서 그 앞으로 지나가는 것들을 비춰주는 거울 역할을 하고 있었다. 체체는 자신의 몸을 거울에 비추어보았다. 온몸이 상처 자국으로 가득한 남방큰돌고래 한 마리가 거울 속에 들어 있었다. 다른 돌고래들이 이빨로 몸통을 긁어서 긴 수평의 줄무늬들이 몸에 새겨졌다. 돌고래들은 서로 쫓고, 물고, 턱을 치받고, 꼬리로 물을 내리쳐 시야를 방해하고, 해초들을 던지고, 원을 그리면서 빙빙 돌고, 그러다가 서로 몸을 부딪히면서 상처를 입는다.

시간을 따라잡으려고 하거나 시간을 추월하려다가 다치는 거지. 왜 혼자 있는 걸 다들 두려워할까? 시간이 몸을 통과하도록 가만히 멈추어 있는 것, 마치 신의 보이지 않는 손길이 몸을 지나가기를 기다리는 것처럼. 그게 어려운 일일까?

체체는 여행을 하면서 혼자 지내는 법을 조금 알게 되었다. 야생은 격한 다툼 속에 있지 않고 가만히 내면을 바라볼 때 찾아온다는 것도.

시간은 체체를 강한 남방큰돌고래로 성장시켰다. 햇빛이 한 오라기도 들지 않는 수심 200미터 아래를 헤엄치는 일도 두렵지 않았다. 두려움이란 그 껍질 속에 갇히지 않으면 얼마든지 벗어날 수 있었다. 깊은 바다가 품고 있는 어둠은 앞을 가로막는 벽이 아니었다. 익숙하지 않은 낯선 어둠 앞에서 그는 어둠 속으로 스며드는 법을 배웠다. 검은 심연으로 들어갈 때 그는 머뭇거리지 않음으로써 어둠과 하나가 되었다. 그에게 바다의 심연은 도전이었고 속도였고 휴식인 동시에 명상이었고 행복이었다. 깊은 곳을 경험할수록 그는 단단해지고 속이 깊은 돌고래가 되었다.

체체는 물속에서 숨을 오래 참는 법도 터득하였다. 보통 돌고래는 수면 상태에서도 깨어 있는 상태를 유지하기 위해 두 개의 뇌를 번갈아 가며 사용한다. 한쪽의 뇌가 잠을 자는 동안 또 한쪽의 뇌는 호흡을 하기 위해 깨어 있는 것이다. 그래서 돌고래의 뇌는 거의 10분마다 한 번씩 번갈아 가며 역할을 바꾼다. 하지만 체체는 30분 동안 잠수해 있어도 호흡이 가쁘지 않았다. 그는 쓰나미에 가까운 격렬한 파도가 일어도 바다 깊숙이 들어가 명상할 줄 알게 되었다. 스스로 지극히 고요한 상태를 갖는 것, 그게 자유의 지평을 넓히는 일이라는 것도 배웠다. 그는 오로지 배불리 먹으려는 한 가지 목표로 헤엄치지 않았다. 그가 과식하는 동안 바닷속에서 누군가는 배를 굶주리게 될 거라고, 바다가 일러준 적이 있었다.

그는 생각했다.

세상이 나를 바라보는 것이 아니라 내가 세상을 바라보는 거야.

이런 생각이 들자, 더는 남의 눈치를 볼 필요가 없었다. 남의 관점을 나의 관점으로 바꾸는 순간, 체체의 몸과 마음은 자신감으로 충만해졌다.

체체는 제주로 돌아가기로 결정했다.

필리핀 앞바다를 떠난 지 사흘 후에 체체는 제주에서 남쪽으로 내려오는 남방큰돌고래 한 마리를 만났다. 어릴 적에 대공원에 같이 갇혀 있다가 풀려난 쿠쿠였다. 그는 체체보다 한 살이 많았다. 둘은 반가운 나머지 꼬리지느러미를 세차게 흔들다가 공중으로 껑충 뛰어올랐다.

　벌써 3년이나 흘렀구나.

　몰라보게 수척해진 쿠쿠의 말을 듣고 체체가 물었다.

　제주는 무사하지?

　쿠쿠가 고개를 흔들었다.

　제주 바다는 엉망이야.

　제주 북쪽 해안에 해상풍력지구가 건설되면서 남방큰돌고래들은 혼란에 빠졌다고 했다. 건설 자재를 실은 선박들이 오가면서 난잡한 소음을 만들어냈고, 밤낮으로 해저에 말뚝을 박는 소리 때문에 돌고래들이 잠을 이루지 못한다는 거였다. 돌고래들이 여러 차례 회의를 했지만 뾰족한 대책이 나올 리 없었다. 거대한 풍력발전기들이 애월과 협재 포구로 가는 길을 아예 막아버렸어. 아, 하고 체체의 입에서 한숨이 새어 나왔다. 나리와 둘이서 사랑을 나누던 그 해맑은 포구에 다시는 가볼 수 없단 말인가? 앞으로 풍력발전기가 돌아가면 터빈에서 나는 소리 때문에 돌고래들은 대화를 나누지도 못할 거야. 해상풍력단지가 조성되면서 남방큰돌고래들의 목소리가 높아졌고, 전보다 불필요한 대화가 길어졌다고 했다. 자연히 돌고래들 간의 다툼도 빈번해졌고. 견디기 힘든 소음 때문에 쿠쿠는 제주를 떠나야겠다고 마음먹었다고 했다.

제주는 내가 있을 곳이 못 돼.

거기서 좀 더 버텨보지 그랬어, 라고 체체는 말하지 못했다.

쿠쿠는 체체가 보낸 시간들에 대해 궁금해 했다. 체체는 좌초된 한치잡이 배를 만난 일, 범고래와의 대화, 일본 해역에서 만난 잠수함, 알을 낳으러 가는 뱀장어 이야기 등을 쿠쿠에게 들려주었다.

쿠쿠가 말했다.

떠난다고 다 잊는 것은 아니더라.

예전에는 그렇게 활달하던 쿠쿠였는데……. 쿠쿠는 외로워하고 있었다.

## 16

바람이 불고 있었다.

북서쪽에서 불어오는 차가운 계절풍이었다. 제주가 가까워지고 있다는 뜻이었다. 체체는 수면 위로 떠올라 몸을 뒤집었다. 하얗고 둥그런 배가 물 위에 불룩 드러났다. 그때 누워 있는 그에게 바람이 다가왔다.

참 편안해 보이는구나.

바람이 말했다.

여행을 끝내고 돌아가는 길이야.

체체가 대답했다.

나도 속도를 줄이면서 따뜻한 남쪽으로 갈 거야.

그러자 바다는 금세 파도 한 자락 일지 않는 평온한 상태가 되었다. 바람이 체체의 옆에 누워 물었다.

넌 자유가 뭐라고 생각하니?

그건 몇 년 동안 체체가 찾아다닌 것이었다. 체체는 오래전의 할아버지처럼 말했다.

마음의 야생지대를 찾는 일이지.

바람이 깜짝 놀랐다.

넌 거길 찾아냈니?

체체가 되물었다.

너는?

바람이 천천히 말했다.

나는 풀잎에 닿아 흔들리고 싶은 것을 흔들리게 하고, 소리 내고 싶은 것을 소리 내게 하고, 그리고 바위에 닿으면 허물어지고 싶은 것을 허물어지게 할 수 있어. 남들이 하고 싶은 걸 하게 하는 일, 그게 내가 자유를 얻는 일이라는 걸 깨달았어.

바람은 체체를 끌어안았다.

수억 톤의 폭설과 먼지를 운반해본 적도 있어.

정말?

응.

바람이 말을 이었다.

내가 생각해도 어마어마한 일이었지. 하지만 그건 중요하지 않아.

그럼 중요한 일이 뭔데?

상승기류를 이용해 기러기들을 공중에 띄워 날아가게 할 때가 가장 좋았어. 그때 나는 기러기의 날개깃 속에 들어가 살았지.

체체가 깔깔거리며 말했다.

넌 공짜로 대륙을 이동하는 법도 아는구나. 나도 파도의 꼭대기에 올라 이동을 해보긴 했어.

바람은 마음이 놓였다. 이 남방큰돌고래는 보통의 돌고래들이 가던 길을 가지 않는 돌고래가 틀림없어, 하고 생각했다.

바람이 말했다.

사람들은 빈틈이 없는 걸 완벽하다고 하지.

그렇지.

스스로 완벽하다고 믿는 사람들이 왜 소외, 고독, 절망, 불안, 스트레스를 껴안고 사는지 이해가 되지 않아. 바람은 빈틈 속에 살아. 우리는 서로 물리치거나 가로막지 않아. 빈틈 속에서 동시에 일어나고 동시에 관통하며 동시에 스며들지.

체체는 스며든다, 스며든다는 말을 몇 번 되뇌었다. 그건 남방큰 돌고래들이 바다와 어울리며 살아가는 방식이기도 했다. 돌고래가 물결 속으로 스며들듯이, 물결이 돌고래의 피부로 스며들듯이, 저녁 어스름이 바다로 스며들듯이, 한마디의 말이 다른 돌고래의 심장에 스며들듯이……

바람이 입을 열었다.

네 몸이 바닷속의 바람이라는 걸 잊으면 안 돼.

체체는 완전한 돌고래가 되어야 한다고 말하던 할아버지를 떠올렸다.

완전한 돌고래는 바람에 출렁이는 물결과 같은 돌고래지.

바람은 체체의 마음을 다 알고 있다는 듯이 할아버지처럼 말했다.

# 17

제주로 돌아가는 길은 순조로웠다.

체체는 파도 위에 올라타서 파도에 몸을 맡기는 걸 좋아했다. 애써 지느러미와 꼬리를 흔들 필요도 없었다. 선박의 뒤를 따를 때도 선박이 일으키는 파도를 타면 유영하기가 쉬웠다. 물살의 힘은 체체를 도와 더 빠르게 나아가도록 해주었다. 하지만 어린 돌고래들은 선박의 뒤를 따르다가 스크류에 부딪쳐 끔찍한 사고를 당하기도 했다.

체체는 항상 선박과의 거리를 조정하는 데 심혈을 기울였다. 무엇엔가 집중하는 능력이 삶을 전진시킨다는 것을 체체는 알고 있었다.

타이완 남쪽 해안을 지나갈 때였다. 그곳은 몸이 복숭아꽃처럼 발그레한 분홍돌고래들의 서식지였다. 새끼 분홍돌고래가 선박의 뒤를 따라가다가 순식간에 스크류에 휘말리는 사건이 있었다. 뭔가 잘못되었다는 것을 알아챈 엄마는 새끼를 물속으로 밀어 넣었다가 들어 올렸다. 그렇게 해서라도 아이에게 생명을 불어넣어 주고 싶었던 걸까. 시체는 시든 꽃잎처럼 그녀의 주둥이 위에서 미끄러져 내렸다. 그녀는 시체를 찾기 위해 다시 물속으로 뛰어들었다. 믿을 수 없도록 슬픈 일이라는 듯이 물방울이 튀었다. 그녀는 분홍빛 주둥이로 죽은 새끼의 지느러미를 문질렀다. 새끼 분홍돌고래는 아무런 움직임도 없었다.

그때 10여 마리의 분홍돌고래들이 엉켜 몸을 뗏목처럼 만들었다. 그들은 새끼를 물 위로 띄우는 일을 도와주려는 것이었다. 체체도 그들 곁으로 다가가 등 하나를 보탰다. 할아버지가 숨을 거두었을 때도 그랬다. 슬픔은 아무렇게나 방치해서는 안 된다는 걸 돌고래들은 잘 알고 있었다.

그는 생각했다.

슬픔은 나누는 것이지. 슬픔의 씨앗이 더 발아하지 않도록 함께 나눠 가져야 해.

어릴 적에 엄마 젖을 떼고 처음 사냥을 나간 날이었다. 어린 체체는 엄마보다 많은 물고기를 잡아 사냥 실력을 뽐내고 싶었다. 크게 입을 벌렸지만 입을 벌릴수록 앞으로 나아가는 속도는 줄어들었고, 작은 물고기들은 번번이 체체의 입가에서 자취를 감추었다.

엄마가 말했다.

혼자서는 아무것도 할 수가 없어.

엄마는 사냥법을 찬찬히 설명했다.

그물을 만들어 정어리 떼를 같이 모는 거야.

그물을 만든다고요?

우리 일부가 물 아래에서 정어리를 위협하고 일부는 사방에서 정어리 떼를 포위하는 거지. 그러고 나서 차례대로 정어리 떼 속으로 돌진해서 정어리를 먹어 치우는 거지.

아하, 그렇구나.

체체의 머리에 불이 켜졌다.

돌고래들은 정어리 떼를 흩어지지 않게 포위하고 있으면 되는군요.

물론이지.

엄마가 진지하게 말을 이었다.

그렇다고 물고기들을 남방큰돌고래들만 차지해서는 안 돼. 옛날에는 돌고래들과 사람들이 함께 사냥을 하던 때도 있었다고 들었어. 정어리 떼가 몰려오면 돌고래들은 얕은 해안으로 그들을 몰고 갔단다. 기다리던 어부들은 돌고래가 점프를 하면 그 신호를 알아채고 투망을 던졌다고 해. 어부들의 투망을 피해 깊은 바다 쪽으로 달아나던 정어리들은 길목을 차단하고 있던 돌고래들의 몫이 되는 거지.

# 에필로그

체체가 제주 해안에서 사라진 지 3년이 지난 어느 날이었다.

그날도 나는 소형 시험 조사선을 타고 제주 해안의 남방큰돌고래 분포 특성을 관찰하고 있었다. 우리 팀은 남방큰돌고래 개체군 안에서의 각 개체의 행동 특성과 개체 수를 추정하려는 목적을 가지고 있었다. 우리는 한 시간 간격으로 기온, 풍향, 풍속, 기상 상태 등을 측정해 기록했다. 쌍안경으로 열댓 마리의 돌고래 무리가 헤엄을 치는 것을 확인하고 우리는 그들의 뒤쪽으로 접근했다.

나는 그때 온몸이 감전되는 듯한 전율을 느꼈다. 체체였다. 무리를 앞에서 이끄는 건 바로 체체였다. 체체의 등지느러미는 역시 특

이했다. 보통 돌고래들은 등지느러미가 수직으로 서 있는데, 체체의 등지느러미는 꼬리 쪽으로 눕다시피 휘어져 등줄기와 거의 평행을 이루고 있었다. 죽은 줄 알았던 체체가 제주로 돌아온 것이었다. 이 걷잡을 수 없이 큰 사건 앞에서 연구원들은 소리를 지르며 흥분했다. 체체는 서울대공원에서 방류된 개체였기 때문에 체체의 행방은 우리 연구팀 모두에게 초미의 관심사였다.

체체다, 체체!

제주의 남방큰돌고래 무리는 대부분 제주도의 남서쪽 대정읍과 북동쪽 구좌읍 근해에서 자주 발견된다. 그날도 체체는 대정읍 모슬포항 400미터 지점을 빠르게 통과하고 있었다.

그 이후로 나는 매일 모슬포 포구로 나갔다. 남방큰돌고래 무리들은 매일 떼를 지어 헤엄을 치다가 헤어지기를 거듭했다. 서너 마리인가 싶으면 어느새 열댓 마리가 빠르게 물을 갈랐다. 다 자란 돌고래 수컷들은 뭉쳐 다니면서 서로 들이받으며 장난을 치고 암컷들은 어린 새끼에게 수영을 가르치기 위해 새끼를 그림자처럼 쫓아다닐 것이었다. 짝짓기를 위해 눈을 마주치면서 애정을 표현하는 녀석들도 있을 것이며, 암컷 한 마리를 집요하게 괴롭히는 젊은 수컷들도 있을 것이었다.

연안 정착성 돌고래 체체가 어떻게 행방을 감췄다가 나타났는지 아무도 모르고 있었다. 지구의 이상 기후 현상이 돌고래의 감각을 마비시켰을 거라는 이도 있었고, 돌고래의 회유에 대해 본격적인 연구가 필요한 시점이라고 주장하는 이도 있었으며, 체체의 유전자 속에 방랑벽이 있어 일시적인 일탈을 했을 거라고 추측하는 이도 있었다.

그러다가 어느 날, 포구의 안쪽으로 몇 마리의 남방큰돌고래들이 유유히 헤엄쳐 들어오는 걸 보았다. 등지느러미가 뒤로 굽은 체체도 거기 있었다. 방파제에서 그렇게 가깝게 돌고래들을 만난 건 행운이었다.

나는 재빨리 주머니 속의 스마트폰을 꺼냈다. 그러나 스마트폰은 체체 일행에게 초점을 맞추기 전에 내 손에서 벗어났다. 스마트폰은 한 장의 얇은 타일처럼 바닷속으로 풍덩 빠져버렸다. 난처하기 이를 데 없었다. 거기 저장된 친구들의 전화번호, 빽빽한 일정들, 메모, 심지어 며칠 동안 스마트폰으로 촬영한 돌고래들의 유영 장면을 찍은 사진까지 잃어버린 것이다.

내가 발을 동동 구르고 있을 때였다. 돌고래 한 마리가 물 위로 불쑥 머리를 내밀었다. 그는 수면으로 올라와 입을 벌렸다. 그 입 속에는 내가 금방 빠뜨린 스마트폰이 가지런한 이빨들 틈에 물려 있었다. 체체가 재빨리 스마트폰을 찾아서 내게 돌려준 것이었다.

여러분은 내가 이야기를 풀어나가기 위해 억지로 이 에피소드를 꾸며냈을 거라고 손가락질을 하지 말기 바란다. 나는 위험에 빠진 바다표범을 돌고래가 구해 주었다는 이야기를 책에서 읽은 적이 있고, 돌고래가 인간에게 물고기를 선물하거나 장애가 있는 아이를 돌고래가 세심하게 돌봐줬다는 뉴스도 읽은 적이 있다. 그런데 그런 일이 실제로 내 앞에서 일어났다는 사실을 나도 믿을 수가 없었다.

그래서 나는 한 권의 책을 써야겠다고 생각했던 것이다. 체체는 포구의 고요한 수면 위에서 수직으로 서서 머리를 내밀고 내게 많은 이야기를 들려주었다. 이 책은 그때 체체와 나눈 대화들을 그대로 기록한 것이다. 그가 말을 할 때마다 아래위의 턱이 서로 마주쳐 소리가 났다. 입을 벌리고 닫을 때마다 잇몸이 부딪쳐 딸가닥딸가닥하는 소리였다.

바다는 이 세상 모든 생명을 키우지만, 생명을 자신의 소유로 삼지 않는다. 바다는 애초에 어떤 목적을 가지고 생명을 만든 것이 아니기 때문이다. 늘 사람이 문제다. 사람은 사람이 아닌 생명을 소유하고 지배하려고 한다.

1964년에 미국의 한 젊은 여성 마거릿 하우 로바트는 돌고래를 연구하는 실험실을 찾았다. 그곳은 존 릴리라는 신경생리학자가 운영하는 곳이었다. 거기에서는 돌고래의 의사소통 능력에 주목해 인간의 언어를 가르치는 실험이 진행 중이었다. 보조연구원 로바트에게는 돌고래에게 영어를 가르치라는 임무가 주어졌다. 로바트는 수컷 돌고래 피터에게 원, 투, 쓰리, 숫자를 소리 냈고, 그것을 돌고래가 따라 하도록 유도했다. 비록 정확성은 떨어졌지만 피터는 어린아이보다 학습능력이 빨랐고, 과학자들은 기대와 흥분으로 실험을 지켜보았다.

로바트는 실험실을 개조해 돌고래가 생활하는 수영장에 침대와 책상, 의자, 전화기를 설치했다. 돌고래 피터 가까이에서 일주일에 6일 동안 같이 생활하면서 교육을 계속했다. 돌고래 피터는 가족처럼 친근해진 로바트의 다리에 몸을 비비고 주둥이로 몸을 어루만졌다. 수컷의 관능적인 접근을 로바트는 두 달 가까이 감내했다. 사랑이라기보다는 연대의 감정으로 돌고래를 돌보고 싶었던 것이다.

책임연구자 릴리는 향정신성 약물 엘에스디(LSD)를 돌고래에게 투여해 돌고래의 두뇌가 어떻게 반응하는지 실험해보고 싶어 했다. 로바트는 반대했지만 결국 돌고래에게 약물은 투입됐고, 1966년까지 약물 실험에 피터가 별다른 반응을 보이지 않자, 지지부진하던 실험은 중단되고 말았다. 그 후 돌고래 피터는 마이애미의 어둡고 비좁은 콘크리트 수조로 옮겨졌다. 그로부터 몇 주 뒤에 그는 수조에서 숨을 쉬러 바깥으로 나오지 않고 자살해버렸다.

이런 일도 있었다.

2013년 1월에 유튜브에는 흥미로운 장면이 공개되었다. 하와이 서쪽 해안에서 다이버들이 야간 스쿠버 다이빙을 즐기고 있었다. 그들은 가오리들을 촬영하고 있었는데, 돌고래 한 마리가 다이버들에게 접근해왔다. 다이버들이 어리둥절한 표정을 짓자, 돌고래는 한 다이버에게 왼쪽 지느러미 쪽을 자꾸 보여주었다. 자세히 보니 거기엔 낚싯줄에 꿴 바늘이 꽂혀 있었다. 다이버는 주머니에서 칼을 꺼내 돌고래의 지느러미에 걸린 낚싯줄을 제거하기 시작했다. 돌고래는 낚싯줄을 제거하기 좋게 몸의 방향을 틀었고, 시간이 길어지자 가끔 숨을 쉬기 위해 수면으로 부상했다가 다시 다이버 곁으로 다가와 몸을 맡겼다. 결국 낚싯바늘은 말끔하게 제거되었고, 돌고래는 꼬리를 흔들며 사라졌다.

한때 사람들은 큰돌고래와 남방큰돌고래를 구별하지 못했다. 외관상 큰돌고래는 커다란 몸과 짧고 다부진 주둥이를 가졌고, 남방큰돌고래는 늘씬한 몸과 긴 주둥이를 가지고 있다. 남방큰돌고래는 다 자라면 배에 자잘한 반점이 생기기도 한다. 남방큰돌고래는 주로 인도양과 남태평양 해역에서 서식하는데, 나는 2011년 유전자 검사를 통해 제주에 서식하는 돌고래가 남방큰돌고래라는 것을 학계에 최초로 보고했다.

남방큰돌고래를 연구하면서 나는 오히려 돌고래들에게 내가 삶의 방식을 배우고 있다는 생각이 든다. 체체가 내게 해줬던 마지막 말이 생각난다.

완전한 돌고래는 어떤 완전한 형체를 갖는 돌고래가 아니죠. 완전하게 되는 정해진 길이 따로 있는 게 아니에요. 완전한 세상이 있는 것도 아니고요. 예상하지 못한 일을 하나씩 해결하는 것, 그게 완전한 고래가 되는 일이라고 생각해요.

지금 제주 바다에는 눈이 내리고 있다.

하늘의 말씀들이 새로 짠 그물처럼 바다로 내려앉고 있다. 눈이 내리면 마치 바다의 심연이 수면 위로 올라와 드넓은 평원을 이루는 것 같다. 그래서 바다는 아무리 많은 눈이 내려도 주저앉지 않는다. 뒤따르던 바다가 앞서가던 바다를 들이받으면 더 많은 눈이 하늘에서 우수수 쏟아진다. 바다는 입을 다물고 마음과 귀로 눈을 받아들인다. 눈이 내리는 날은 바다의 귀가 커지는 때이다.

눈 내리는 날에는 풍경이 풍경을 모방하지 않는다. 하늘과 바다를 연결하는 눈의 고리는 섬세하면서도 단단하다. 지금 막 수면으로 솟아오른 남방큰돌고래의 숨구멍에도 눈이 쌓인다. 남방큰돌고래는 거칠게 숨을 내뱉는다. 숨구멍에서 튕겨 나간 물방울들이 공중으로 흩어졌다가 다시 보송보송한 눈송이가 되어 바다에 떨어지고 있다.

# 인간의 언어로 들려주는 돌고래의 노래

하응백(문학평론가)

알래스카로 연어의 회귀를 따라갔던 시인 안도현이 이번에는 제주 바다, 남방큰돌고래 곁으로 돌아왔다.

안도현 시인의 『남방큰돌고래』는 사람들에 의해 불법으로 포획되었다가 '자유'를 찾은 한 소년기 남방큰돌고래를 모델로 하고 있다. 그 돌고래의 이름이 '체체'. 체체는 호기심 많고 장난기 심한 소년 돌고래다. 체체는 고등어를 쫓다가 인간이 쳐놓은 그물에 포획된다. 그다음부터 체체가 할 수 있는 일은 없다. 체체는 자유를 빼앗긴 채, 좁은 수족관에서 냉동된 생선을 먹으며 하루하루 연명하는 삶을 살아야 했다(사람들은 돌고래를 굶겨서 인간에게 복종시키는 과정을 '순치'라고 표현한다).

다행히 돌고래를 바다로 돌려보내자는 일부 특별한 사람들의 노력에 힘입어, 체체는 야생 적응 훈련을 거쳐 제주 바다로 돌아간다. 고난을 겪고 훨씬 성숙해진 체체는 다시 가족을 만나면서 야생의 제주 바다에 무난하게 적응한다. 이때 먼 길을 돌아 체체의 할아버지가 제주 바다에 귀향한다. 이미 늙고 병든 할아버지는 곧 임종을 맞이하게 되고, 체체에게 마치 유언처럼 '마음의 야생지대'라는 말을 들려준다. 체체는 할아버지의 그 말씀을 깊이 되새긴다. 그런 체체 앞에 불쑥 나타난 암컷 돌고래 나리는 체체의 마음을 송두리째 빼앗는다. 체체도 어느새 성숙한 사랑을 할 수 있는 나이에 이른 것이다.

체체와 나리는 아름다운 제주 바다에서 황홀한 사랑의 밀어를 나누는 연인 관계가 된다. 체체와 나리의 사랑이 이 이야기의 중심이라면, 체체의 이야기는 해피엔딩의 상투적인 연애담에 머물렀을 것이다. 하지만 체체는 할아버지 돌고래의 유언대로 '마음의 야생지대'를 찾아, 제주 근해를 출발하여 먼바다로 여행을 떠난다.

체체가 포획되었다가 다시 몸의 자유를 찾는 과정에는 인간의 의지가 작동했다면, '마음의 야생지대'를 찾기 위한 체체의 여행은 순전히 체체의 자유 의지에서 비롯한다. 체체의 자유 의지를 부추기는 역할을 맡은 게 바로 '마음의 야생지대'다. 산 너머 무지개를 좇아 산을 넘듯이, 체체는 '마음의 야생지대'를 찾아 먼바다로 여행을 떠난다. 여행에서 체체는 한치를 잡는 어부와 범고래와 잠수함과 뱀장어와 붉은어깨도요와 바람 등을 만나며 그들의 삶을 들여다보기도 하고 그들에게 이야기를 듣기도 한다.

이 자유 의지에 의한 모험을 통해 체체는 한 차원 높은 정신의 자유를 얻는다. 야생성을 잃고 순치되어 좁은 수족관에서 살던 돌고래가 넓은 바다를 만나면 전속력으로 헤엄치는 야생의 돌고래로 변할 수 있는 것처럼, 마음의 자유를 얻기 위해서는 '넓은 바다'와 같은 그 '무엇'이 필요하다. 그 '무엇'에 해당하는 전환의 열쇠가 바로 '마음의 야생지대'이다. 이때 '마음의 야생지대'는 지리적인 개념이 아니라, 모든 것을 순수하게 받아들이려는 마음이며, 나와는 다른 존재의 가치도 인정하려는 열린 마음의 자세다.


시점과 문체에 변화를 주어 전체 서사에 적당한 긴장과 활력을 불어넣는 이 작품은 계통적으로는 성장 모험담이면서 한편으로는 거의 모든 동화가 그러하듯이 판타지에 해당한다. 은유와 잠언이 적절히 배치된, 이 재미있는 이야기 『남방큰돌고래』는 여러 의미를 포함하고 있다. 리얼리즘의 시각으로 읽을 경우 이 이야기는 환경 보호, 전쟁 반대, 평등, 페미니즘, 동물의 권리, 동물해방, 해양 쓰레기 투기 반대 같은 목적적인 의미로 독자에게 다가갈 수 있다. 하지만 안도현 시인은 그런 시대적이거나 구호적인 의미를 넘어서, 지구라는 자연에서 살아가는 모든 생명에게 자유는 무엇일까, 나아가 지구와 지구에 사는 모든 존재는 존중받을 가치가 있다는 열린 시각에서 체체의 이야기를 들려준다.

젊은 안도현 시인이 『연어』를 통해 모천(母川)으로 회귀하는 연어의 강렬한 생명성에 주목했다면, 이제 장년을 넘어선 시인은 생명성과 함께 정신의 자유를 얻어가는 과정을, 물아일체의 동양적 사고를 통해 은유적으로 들려준다. 그리하여 이 작품은 『연어』가 열지 못했던 깊은 철학적 사유의 세계를 활짝 열어젖힌다. 그 세계에서 안도현 시인의 분신인 철학자 돌고래 체체는 우리 모두에게 묻는다.


"인간은 어떻게 살아야 정신의 자유를 찾을 수 있는가?"
"인간은 어떻게 살아야 더불어 행복할 수 있는가?"


이 이야기는 세상이 호기심의 대상인 순수한 소년부터, 지속가능한 세상을 염원하는 어른들에게까지 강력한 메시지를 던진다. 일리아드의 『오디세우스』나 쥘 베른의 『해저 2만리』와 같은 동경과 모험의 해양 판타지 형식을 차용한 이 돌고래 체제의 이야기는 독자에게, 우리가 사는 지구와 자연과 사람의 세상이 모두 연결되어 있는 하나의 공동체라는 의미 깊은 원칙을 제시한다. 이 원칙이야말로 우리 모두의 삶을 화평하게 만드는 절대적인 것이 아니겠는가.

'돌고래 체제의 자유가 우리의 자유다', '돌고래의 평화가 바다의 평화이며, 인간의 평화다', 이런 이야기를 안도현 시인은 독자들에게 바람처럼 시원하게 들려준다. 그의 판타지는 그리스의 음유 시인 아리온의 노래처럼, 인간에게도 돌고래에게도, 지구의 모든 생명체에게도, 오래도록 널리 퍼져 나갈 것이다.